Für Markus.

Mit Liebe gemacht.

Du fehlst mir sehr...

Rosa Potter

Der Kopf: »Lass los!«

Das Herz so: »Halt die Klappe!«

www.tredition.de

© 2020 Rosa Potter
Umschlag, Illustration: Rosa Potter

Verlag & Druck: tredition GmbH, Halenreie 40-44, 22359 Hamburg

1.Auflage 2020
ISBN
Paperback   978-3-347-09029-3
Hardcover   978-3-347-09030-9

Dieser Roman basiert auf einer wahren Geschichte.

1

Mr Lover Lover

»Ätschibätschi!«, hörte Sophie ihr Unterbewusstsein gehässig lachend spotten, als sie
am Neujahrstag gegen Spätnachmittag dem
getunten CLK mit ihrem Mini ein Schübschen
gab.

»Das darf doch nicht wahr sein«, stammelte
sie in die Innenseiten ihrer zittrigen Hände,
die sie auf ihr Gesicht gelegt hatte, als ob sie
nicht wahrhaben wollte, was eben passiert
war. In dem schwarzen Ledersitz saß sie wie
angewurzelt, nicht fähig, den Motor abzustel-
len. Denn eines war klar. Der Führerschein
würde jetzt erst einmal auf unbestimmte Zeit
bei der Städtischen Polizeidienststelle ver-
wahrt werden. Schließlich hatte Sophie in den
letzten Jahren stolze sieben Punkte in Flensburg angesammelt. Diese Sache hier würde sie
mindestens zwei, wenn nicht sogar drei
Punkte kosten, denn der Alkohol im Blut war
sicher noch nicht völlig abgebaut. Die

Obergrenze für das Behalten des Führerscheins wäre somit definitiv überschritten. Durch ein immer lauter werdendes, ziemlich penetrantes Klopfen an der Fensterscheibe ihres Autos wurde Sophie aus ihren trüben Gedanken gerissen. Sie zuckte zusammen.

»Steigen Sie bitte aus dem Wagen aus«, forderte sie eine tiefe Stimme auf.

Sophie tat wie automatisiert, was von ihr verlangt wurde. Zu ihrer Verwunderung wies der frisch polierte CLK keine einzige Delle auf, nicht einmal ein Kratzer war zu sehen. Puh, Glück gehabt, stellte Sophie erleichtert fest. Nun fiel ihr Blick auf den Fahrer, der sie zuvor aus dem Auto zitiert hatte. Den Mann schätzte sie auf etwa Ende zwanzig, Anfang dreißig. Seine halblangen, dunklen Haare hatte er streng nach hinten gegelt. Ob eine Tube für das heutige Styling wohl gelangt hat? Möglicherweise befindet er sich gerade auf dem Nachhauseweg vom Solarium. Seine Haut war braungebrannt. Er trug eine ziemlich enganliegende Jeans, und Sophie konnte nicht umhin, ihren Blick von seinem Schritt abzuwenden. Nicht deswegen, weil sie den Kerl, der sie sofort an Mr Lover Lover aus dem Song *Mr Bombastic* von Shaggy erinnerte, attraktiv fand. Im Gegenteil. Sophie konnte mit solchen Leuten noch nie viel anfangen. Außerdem hatte sie gerade überhaupt keinen Nerv für Männer. Auf ihrer Liste mit den guten Vorsätzen für das neue Jahr stand ganz oben: „Erstmal keinen Mann!" Die Hose lag einfach dermaßen eng an, dass sich jede Kontur seines besten Stückes abzeichnete. Peinlich! Sie spürte, wie sie sich fremdschämte. Sophie hatte Mr Lover Lovers Schwanzverlängerung auf dem Gewissen.

»Hatten sie die Jeans wohl nicht in Ihrer Größe?«, hörte Sophie sich laut aussprechen, während sie sich im gleichen Moment fragte, was um Himmels Willen in sie gefahren war. Sie war sichtlich irritiert von dem Unfall. Das Tippeln mit seinem rechten Lederschuh auf dem Asphalt machte Sophie nervös. Very bad virbrations.

»Nun hören Sie mal! Das ist eine Frechheit!«, schimpfte das vermeintliche Unfallopfer empört.

Sophies Blick wanderte zum CLK.

»Ich werde jetzt die Polizei rufen!«, hörte sie ihn entrüstet schreien. Er lief auf und ab, während er begann, auf seinem Handy zu tippen. Sophie versuchte, ihn zu beruhigen und schlug vor, die Personalien auszutauschen. Doch Mr Lover Lover ließ sich auf keine Kompromisse ein. Wenige Minuten später ertönte von Weitem ein *Tära! Tära!* Sophie drehte sich um. Sie beobachtete die Polizeistreife, die mit blau aufleuchtendem Licht die Veitshöchheimer Straße entlang raste – direkt in ihre und Mr Lover Lovers Richtung. Die große, mehrspurige Straße war menschenleer. Gott sei Dank. Wie übertrieben! Sie konnte sich ein herablassendes Lachen nicht verkneifen, das sekündlich lauter und lauter wurde und nicht zu stoppen war. Mr Lover Lover schaute sie verwirrt an.

»Finden Sie das alles witzig?«, wollte dieser wissen.

»Irgendwie schon, ja«, fiepte Sophie.

Sie war bemüht, sich zusammmmenzureißen, als die beiden Polizisten mit strengen,

durchdringenden Blicken langsam auf sie zusteuerten.

»Schönen guten Tag, die Herrschaften«, begrüßte sie einer von ihnen, während er seine
Polizeimütze gerade rückte.

Sophie wich einen Schritt nach hinten zurück, während die Polizisten die Fahrzeuge
begutachteten. Mr Lover Lover bestand darauf, dass die Beamten Fotos von den nicht
vorhandenen Schäden an seinem CLK schossen. Die Sache schien für Sophie gut auszuge-
hen. Der sympathischere Polizist riet zum
Austausch der Versicherungsdaten, mehr
auch nicht. Gut, dass dafür die Polizei mit
Blaulicht anrücken musste. Sie kam sich vor
wie eine Kriminelle kurz vor der Festnahme
für ein ziemlich schweres Verbrechen. Als Sophie die Autotür öffnete, um ihre Papiere zurück ins Auto zu bringen, hörte sie wie Mr Lover Lover mit seinem CLK davonzischte. Vermutlich brauchte er nach dem schweren Ver-
kehrsunfall eine Extradosis UV und stattete
dem Solarium einen erneuten Besuch ab, um
auch den Rest seines verkümmerten Hirnes
noch weiter verstrahlen zu lassen. Sie ärgerte

sich über solche Leute, die nicht einmal eine Fünf gerade sein lassen konnten. Gerade war sie dabei, ihren Fahrzeug- und Führerschein wieder ins Handschuhfach zu legen, als der Bad Cop noch eine Frage hatte.

»Ich hätte da noch eine Frage«, sagte er fast bedrohlich zu Sophie, die rücklings zu ihm stand. Sie verdrehte die Augen, bevor sie sie kurz für einen Augenblick ganz schloss. Bitte nicht! Sophie begann zu schwitzen. Früher hatte sie mit ihrem Vater am Samstagabend öfters *Columbo* mit Peter Falk geschaut, fiel ihr in diesen Sekunden ein. *Columbo* hatte auch immer noch eine – manchmal alles entscheidende – Frage am Ende. Vielleicht schaute Mr Bad Cop die Serie früher hin und wieder auch mit seinem Vater an und hat sich fest vorgenommen, eines Tages diese Frage selbst zu stellen, wenn er groß sein würde. Ganz wie sein Vorbild im Free TV … Die folgende Frage holte Sophie schlagartig zurück auf den Boden der Tatsachen.

»Haben Sie gestern Abend Alkohol getrunken?«, wollte er wissen.

Sie spürte seinen prüfenden Blick in ihrem Rücken, bevor sie sich zu ihm umdrehte. Sophie presste ihre Lippen zusammen. Eine Hitzewelle durchströmte ihren Körper. Fuck! Okay, gaaanz ruhig. Alles wird gut. Pokerface!

»Natürlich habe ich etwas getrunken. Es war Silvester!«, antwortete sie trocken. Verschone mich doch einfach mit deinen dämlichen Fragen. Ein Pokerface hatte sie schon immer, schließlich war sie es, die stets als Sieger aus der kleinen Pokerrunde mit ihren Jungs hervorging. Ob der Bad Cop mich durchschaut?

»Wie viel war das denn?«, hakte er beharrlich nach.

»Puh! So drei bis vier Cocktails vielleicht«, log Sophie dem Polizisten ins Gesicht.

Nun konnte sie ihre schauspielerischen Talente endlich einmal unter Beweis stellen. Sie beobachtete, wie der Bad Cop sich Rat vom Good Cop einholte, der im Polizeiauto saß, ungeduldig auf die Weiterfahrt wartend. Sophie spitzte die Ohren, um das Gespräch mitzuhören. Der Bad Cop hielt nichts von der Meinung des anderen Polizisten, sie gehen zu

lassen, denn die soeben durchgeführte Ate-
malkoholmessung betrug 0,36 Promille.

»Das ist eine Grauzone«, klärte der Bad Cop
Sophie auf. »Bei Unfällen liegt die Grenze bei
0,30!«, ergänzte er. Ja, dann lassen wir jetzt
doch einfach mal die scheiß Kirche im scheiß
Dorf, oder? Sophie verdrehte innerlich die Augen. Sie holte tief Luft, während der Bad Cop
und der Good Cop sich erneut besprachen.

»Steigen Sie bitte ein! Wir bringen Sie zum
Revier!«

Wie bitte? Ich hör wohl nicht richtig? Bin ich
bei *Versteckte Kamera*? Sophie konnte nirgends
die versteckten Kameras sehen, wie auch,
wenn sie versteckt waren. Aber der Blick des
Bad Cops verriet, dass er es ernst meinte.

»Also ehrlich gesagt bin ich nicht so heiß darauf, mich auf der Rückbank eines Polizeiau-
tos durch die komplette Innenstadt zum Revier fahren zu lassen. Wenn mich Schüler sehen!«, protestierte Sophie kleinlaut. »Kann ich
Ihnen nicht mit meinem Auto hinterherfah-
ren?«

Für den Good Cop ging der Vorschlag sofort in Ordnung. Der Bad Cop hielt das hingegen für gar keine gute Idee. Was ist los mit ihm? Denkt er, ich hab eine Fluchtfahrt mit dem Mini im Sinn? Auf diese Frage bekam Sophie keine Antwort mehr, sie beschäftigte sie aber noch eine Weile, während sie auf der Beifahrerseite ihres Mini Coopers sitzend ihren Blick nachdenklich aus dem Fenster schweifen ließ. Der Bad Cop fährt meinen Mini zur Polizeitstation, das ist der absolute Tiefpunkt, waren die letzten Gedanken, bevor sie im Revier in der Stadtmitte ankamen. Das neue Jahr begann genauso wie das letzte aufgehört hatte, stellte Sophie ernüchternd fest, als sie in dem kleinen, steril wirkenden Zimmer auf dem Stuhl saß, wo sie mit dem Good Cop auf den Arzt wartete, der sie untersuchen sollte. Sie starrte die kahle, graue Wand vor sich an. Gedankenverloren. Sie hörte wie der liebe Polizist auf der Tastatur tippte. Was er wohl aufschreibt? Was der Arzt wohl fragen wird?

Doktor Müller war ein sympathischer Mann mittleren Alters. Er begrüßte Sophie herzlich und begann, sie mit einem Stethoskop abzuhören. Währenddessen notierte er sich ein paar Antworten auf einem Fragebogen, den er in sein Klemmbrett gesteckt in der freien Hand hielt. Sophie spürte die beruhigende Wirkung seiner Anwesenheit.

»Sie haben ja ein extravagantes Outfit an«, versuchte er freundlich lächelnd die Stimmung zu lockern, während er ihr die Manschette des Blutdruckmessgerätes um ihren rechten Oberarm legte. Flirtet er mit mir? Nein. Vermutlich tut er das nicht. Höchstwahrscheinlich hält er mich für eine Art Junkie auf Entzug, so wie ich angezogen bin. Ihr Blick wanderte über ihren Körper, das heutige Outfit kritisch prüfend, während der Arzt mit dem Pumpen begann. Es war tatsächlich nicht Sophies modischster Auftritt. Ihre dunkelbraunen, langen Haare waren zum übergroßen Assi-Dutt auf der Oberseite des Kopfes zusammengebunden, die hellgraue Jersey-Jogginghose endete kurz unterhalb ihrer Oberweite – sie ähnelte Steve Urkel –, darin steckte ein weites, schwarzes T-shirt. An den Füßen trug sie weiße Plateau-Sneakers mit überbreiten seidenen Schnürsenkeln, die sie zu zwei hübschen Schleifen gebunden hatte. Die Krönung war jedoch der hellbraune Oversize-Teddyfell-Mantel. Sophie schloss kurz die Augen, als sie mit ihrer Selbstbegutachtung fertig war. Auch Dr. Müller war mit der Messung des Blutdruckes fertig.

»Welcome fucking 2019!«, murmelte sie genervt in ihren dicken gestrickten Schal.

Völlig aufgelöst ließ Sophie den Motor des Minis an und fuhr vom Parkplatz der Polizeistation los. Sie setzte die Fahrt zu ihrem Vater fort, wo sie eigentlich schon seit zwei Stunden zum Abendessen verabredet war. Das Essen, das er aufgewärmt hatte, stand auf dem kleinen, alten Küchentisch. Sophie starrte es gedankenverloren an. Dann schob sie den Teller von sich weg. Sie würde sowieso keinen Bissen runterkriegen. Das laute Ticken der großen, alten Uhr an der Wand trieb sie fast in den Wahnsinn. Wegen Karla war sie hauptsächlich zu ihrem Vater gefahren. Sie wollte sie abholen. Hoffentlich kriegt die Kleine das nicht mit, wie es mir gerade geht. Die Tür zum Wohnzimmer, wo Karla mit ihrer kleinen Cousine spielte, war geschlossen. Das sah

Sophie vom Tisch aus. Ihr Vater setzte sich mit einer Tasse frisch gebrühtem Filterkaffe zu Sophie an den Tisch. Er roch wie immer merkwürdig. Warum er den neuen Kaffeevollautomaten, den er letztes Jahr zu Weihnachten bekommen hatte, nicht benutzte, war Sophie nach wie vor ein Rätsel. Sie blickte ihn mit wässrigen Augen an. Plötzlich prasselte alles aus ihr heraus. Unter Tränen und am ganzen Körper zitternd erzählte sie ihm von dem Vorfall. Ihr Vater war kein Mann großer Worte, es gelang ihm jedoch trotzdem – vielleicht auch einfach durch seine bloße Anwesenheit –, sie etwas zu beruhigen. Sophie verbrachte die nächsten freien Tage bei ihm. Mit jedem Tag, der verging, spürte sie, wie sie innerlich immer mehr zur Ruhe kam.

Eine Woche später – Sophie kam gerade von der Arbeit nach Hause – holte sie die Post aus dem Briefkasten. Sie machte einen Kurzcheck wie immer, bevor sie die Haustür aufschloss. Amazon, Krankenversicherung, etliche Werbeprospekte, Sparkasse, und … ein Brief von einer Anwaltskanzlei! O nein! Sophies erster Gedanke war, dass sie jetzt auch noch zur

Zahlung von Schmerzensgeld für die vermeintlichen Schmerzen von Mr Lover Lover aufgefordert werden würde. Sie fühlte, wie ihr leicht übel wurde. Das Schreiben lag nun schon eine ganze Weile vor ihr auf dem Tisch. Misstrauisch starrte sie es an. Ihr Herz pochte wie wild. Sie erinnerte sich an die vielen Rechtsstreitereien mit verschiedenen Vermietern aus den letzten Jahren. Sophie war oft umgezogen. Frau Meier, die verrückte Vermieterin der Wohnung in der Mariengasse acht, hatte es geschafft, dass Sophie und Karla nach sage und schreibe vier Monaten wieder ausgezogen waren! Kontrollfreak. Psychotante. Das Fass hatte die alte Schreckschraube zum Überlaufen gebracht, als sie Sophie während ihres dreiwöchigen Urlaubs auf Sansibar mit Anrufen terrorisierte.

»Auf Ihrem Balkon ist ein Taubennest! Das muss weg!«, hörte sie sie in ihren Erinnerungen noch auf die Mailbox sprechen. »Wann kommen Sie wieder? Ich muss in die Wohnung, um es zu entfernen!«

Als sie aus dem Urlaub zurück kamen, sah Sophie, wie Frau Meier durch die Jalousien spionierte. Sie passte sie direkt an der Haustür ab. Mit einem Luftgewehr. Crazy bitch. Was für eine Begrüßung. Das Ende vom Lied war, dass sie Sophie und Karla mit dem umgehängten Gewehr in deren Wohnung folgte, um direkt auf den Balkon zu gehen und damit zu beginnen, die Tauben abzuknallen. Den Fall übergab sie ihrem Anwalt, der dafür sorgte, dass sie fristlos kündigen konnte. Frau Meier sah sie nach dem Auszug nie wieder.

Stell dich nicht so an, schimpfte sie mit sich selbst. Endlich öffnete sie das Kuvert und faltete das Blatt auf. Das darf nicht wahr sein! Alle Aufregung umsonst. Ihr Vater hatte einen Anwalt beauftragt, ohne Sophie davon in Kenntnis zu setzen. Sie fühlte, wie ihr die Last von den Schultern fiel. Die Hände wurden ruhiger. Sie holte tief Luft und atmete lange aus – so wie sie es im Geburtsvorbereitungskurs vor über zehn Jahren gelernt hatte. Nun legte sie das Schreiben beiseite. Das war wieder einmal typisch für ihren Vater. Sie erinnerte sich in diesem Moment an den Blaufink, den Sophies verhaltensgestörter Kater vor einigen Jahren vom Dach geholt und unter Karlas Bett im Kinderzimmer versteckt hatte. Ihr Vater war zum Babysitten da. Als sie nach Hause kam und nichtsahnend den Deckel des Abfalleimers in der Küche auftrat, erschrak sie sich fast zu Tode. Den Müllsack wollte sie eigentlich am Vorabend noch nach unten bringen, was sie jedoch nicht mehr schaffte. Deswegen starrte ihr der tote Vogel mit geöffneten Augen, den Schnabel nach oben gerichtet, aus nächster Nähe ins Gesicht.

»Ist was?«, fragte ihr Vater trocken, der vom Kinderzimmer zur Küche gelaufen war, nachdem er einen lauten Schrei gehört hatte. Dass Sophie über das tote Tier in ihrem Restmülleimer nicht sonderlich erfreut war, schien er überhaupt nicht nachvollziehen zu können. Nun war es ähnlich mit den fehlenden Informationen von Seiten ihres Vaters. Gott sei Dank gab es keine Toten.

Aus dem Schreiben entnahm Sophie die Information, dass der Anwalt die Akte anfordern und den Punktestand in Flensburg in Erfahrung bringen würde. Sie freute sich über die Unterstützung ihres Vaters, denn einen Anwalt hätte sie sich aktuell nicht leisten können.

Der hätte bestimmt achthundert Euro oder so gekostet. Und Sophie hatte gerade die Anzahlung für die im Juni anstehende Bali-Reise mit Karla überwiesen.

Laut Anwalt musste sie bis Anfang April Geduld aufbringen, bis eine Entscheidung des zuständigen Richters gefallen sein würde. Bis Anfang April! Wie soll man das ertragen? Sie war für den Weg zur Arbeit auf ihren Führerschein angewiesen. Deshalb hatte sie in den letzten Tagen bereits alle Alternativen recherchiert. Busse fuhren nur einmal am Tag hin und zurück und eine einfache Fahrt dauerte über eine Stunde. Ihre Lippen bebten, die Hände schwitzten. Eine dicke dunkle Wolke breitete sich über ihr aus. Resigniert legte sie ihren Kopf auf dem Küchentisch ab und ließ den Tränen, die sich angestaut hatten, freien Lauf.

Die nächsten drei Monate gestalteten sich als einziger Alptraum für Sophie. Aber sie nutzte diese Zeit, um sich über einiges klar zu werden. Sie wollte das Chaos in ihrem Leben ein für alle Mal beseitigen, ruhiger werden, keine Scheiße mehr bauen, aus der letztendlich ihr

Vater sie wieder raushauen müsste. Sie nahm sich vor, das Beste aus der Situation zu machen und ihr Leben neu zu ordnen. Aufmerksamer wollte sie sein und vernünftiger. Kein Drama, keine Eskapaden mehr.

»Nuuuuuull Punkte in Flensburg?«, brüllte Stella dermaßen laut in den Hörer, dass es vermutlich Frau Schmidt in der Etage unter ihr trotz Hörgerät noch aus dem Fernsehsessel aufschrecken ließ. Sophie entfernte das Handy von ihrem Ohr, weil Stellas Geschrei ihr physische Schmerzen zufügte.

»Du verarschst mich doch!«, hörte sie sie trotz einem halben Meter Entfernung noch durch die Leitung schreien. Das Gegröle verwandelte sich allmählich in ein lautes, dreckiges, aber äußerst sympathisches Lachen. Stella war aufgrund ihres Lachanfalls nicht mehr im Stande zu reden. Sie lallte etwas vor sich hin, das Sophie nicht verstand.

»Und ich war mir sicher, dass ich acht fucking Punkte in fucking Flensburg habe!«, brüllte Sophie.

»Du hast aber auch ein Glück! Am Ende wendet sich doch immer alles zum Guten!«

Sophie hielt den Brief des Anwaltes noch in den Händen. »Welcome 2019!«, schrie sie in den Hörer. Sie sprang von einem auf das andere Bein. Hin und her. Hin und Her. Von jetzt an würde ihr Leben kein Chaos mehr zulassen, dafür würde sie sorgen.

»Wir werden sehen«, sagte ihr Unterbewusstsein fast schon zynisch.

2

Mr Right

Die Welt schien von der einen auf die andere Sekunde stillzustehen, als sie in dieser Sommernacht die kleine Bar um die Ecke betrat. Sie fühlte eine unglaubliche Kraft innerer Wärme, die ihren ganzen, eher kleinen und zierlichen Körper durchströmte – von der Brust tief durch ihr Herz bis in den hintersten Muskel ihrer Fußzehen. Sie war wie elektrisiert. Tausend kurze, wohltuende Stromschläge zuckten durch ihren Körper. Kein Anzeichen von Schüchternheit, wie sie sonst ihr steter Begleiter gewesen war. Kein Anzeichen von Hemmung, die sie sonst so häufig verspürt hatte. Er saß alleine an der Theke, mit der einen Hand umfasste er seinen Bierkrug, der halbvoll vor ihm stand. Es waren nicht viele Gäste da. Er drehte sich um, als die schwere, quietschende Tür hinter ihr langsam ins Schloss fiel. Im Hintergrund lief *Don't stop believing* von Journey – Sophies Lieblingslied.

Das Licht war gedämmt, es herrschte eine wohlige Atmosphäre. Sophie befeuchtete ihre Lippen, die noch immer leicht nach Rotwein nachschmeckten, als sich ihre Blicke trafen. Das strahlende Funkeln seiner blaugrauen Augen spiegelte sich in ihren wieder. Von dieser ersten schicksalhaften Begegnung an fühlte sie eine surreale Anziehungskraft zu diesem fremden Mann.

Am nächsten Morgen wachte Sophie mit Kopfschmerzen vom vielen Rotwein des Vorabends und einem merkwürdigen Gefühl in der Magengegend auf. Ein seltsamer, fremd riechender, doch zugleich betörender Geruch lag in der Luft ihres Schlafzimmers. Verschlafen und nur halbwach fiel ihr Blick auf die weiße, kahle Wand gegenüber ihres Bettes. Gerade als sie dabei war, die letzte Nacht, die offensichtlich ein exzessives Ende nahm, zu rekonstruieren, hörte und spürte sie seltsame Bewegungen, die sie im ersten Moment nicht im Stande war zuzuordnen. Sie zuckte zusammen. Doch dann kamen die Erinnerungen plötzlich zurück. Sie riss ihre Augen weit auf, und spürte, wie ihr Gesicht errötete. Ihre

Wangen glühten förmlich. Fuck! Was soll ich tun? Aus dem Zimmer schleichen? Schlechte Idee, sich in der eigenen Wohnung vor einem Besucher zu verstecken. Diesen Gedanken hatte sie kaum zu Ende gedacht, als sie seine warme Hand an ihren Brüsten und seine Erektion an ihrem Hintern spürte. Sie erinnerte sich an den Geruch, den sie noch vor wenigen Minuten nicht einordnen konnte. Plötzlich erschien alles so klar. Er strich mit der anderen Hand liebevoll ihre langen Haare zur Seite, und hauchte ihr sanfte Küsse auf den Nacken. Sie schloss die Augen, und fühlte sich, als wäre sie im Paradies, aus dem sie nie wieder vertrieben werden wollte.

»Guten Morgen«, hörte sie ihn flüstern. Seine Stimme war freundlich. Etwas beschämt drehte Sophie sich um, und sah ihm tief in die Augen. In ihrem Gesicht zeichnete sich ein peinlich berührtes Lächeln ab. »Guten Morgen«.

Er küsste sie auf den Mund. Ehe sie sich's versah, wanderte ihre Hand unter der weißen Bettwäsche mit den kleinen schwarzen Punkten langsam immer tiefer. Sie berührten sich zärtlich, tauschten Küsse aus, mal wild, mal sanft – es war ein Wechselbad aus Leidenschaft und Vertrautheit. Er lag leicht seitlich, füllte beinahe die gesamte Länge des Bettes aus. Seine makellose Haut bedeckte seinen schlanken, langen Körper. Für sie war er der Inbegriff der Perfektion. Das Schönste jedoch waren seine Augen – mandelförmig und blaugrau. Wie das Meer, das sie so liebte. Sie hing an seinen vollen Lippen, als wollte sie nie wieder einen anderen Mann küssen. Sophie konnte nicht fassen, dass das Glück nun auch endlich auf ihrer Seite war, dass sie ihn bei sich hatte, endlich angekommen zu sein schien. Jede seiner Berührungen versetzte sie in Ekstase. Wieder waren da die kurzen, wohltuenden Stromschläge, die ihren Körper durchströmten – wie bei ihrer ersten Begegnung in der kleinen Bar um die Ecke. Sie konnte es nicht erwarten, ihn wieder in sich zu spüren. Er kroch unter die Decke, und küsste sie zwischen ihren Beinen. Mit geschlossenen Augen bohrte sie sich jetzt mit beiden Händen leise aufstöhnend in die Rückseite ihres Kopfkissens, und ließ ihn seinen Job erledigen. Nie hatte sich etwas so verdammt gut angefühlt. Als sie gekommen war, blickte sie auf und fand ihn lächelnd zwischen ihren Oberschenkeln wieder. Sein Lächeln raubte ihr fast den Verstand. Es war sanft. Es war schelmisch. Es war echt. Wenn er sie so anschaute, fühlte sie sich ihm besonders nah, denn er gab ihr das Gefühl, dass er sich wohl mit ihr fühlte. Sie wollte sich nun revanchieren und zog ihn vorsichtig zu sich hoch, sie küssten sich lange und Sophie verschwand unter der Decke. Sie begann zu schwitzen. Er lag entspannt auf dem Rücken, blickte hin und wieder zu ihr nach unten, um ihr ein Lächeln zu schenken. Er machte den Eindruck, zu mögen, was und wie sie es tat. Nun setzte sie sich auf ihn und zog ihn nach oben. Er sah sie an, als wollte er sie mit Haut und Haaren. Sie fühlte sich begehrt wie schon lange nicht mehr. Und sein Blick verriet Sophie, dass er das Gleiche empfand.

Plötzlich ertönte ein grausames, unheimlich laut schillerndes Geräusch. Beide zuckten zusammen. Er schaute sie fragend an, sein Blick wanderte zum Nachttischchen. Es war der alte Glockenwecker, den sie in der Nacht auf eins gestellt hatte. Beide betrachteten nachdenklich die Uhr.

»Soll ich nach Hause gehen? Ich habe keine Erfahrung mit solchen Situationen«, sagte er fast etwas unbeholfen.

»Geh nicht«, sagte Sophie leise.

Und sie fielen erneut übereinander her, leidenschaftlich und besessen, als hätten sie beide nie etwas anderes so sehr gewollt.

Er blieb noch ein paar Stunden, bevor sie sich – ohne ihre Handynummern auszutauschen – voneinander verabschiedeten. Es gab eine kurze Umarmung, keine großen Worte. Er drehte sich noch einmal lächelnd zu ihr um, bevor er die Tür hinter sich zu zog. Sophie schluckte. Im gleichen Augenblick übermannte sie eine Schwere. Gerade fühlte sie sich noch beflügelt leicht und die Welt war schön, doch das laute Einklinken der Tür versetzte ihr einen Hieb mitten ins Herz. Ihre Knie wurden weich. Sie fühlte sich verlassen. Verlassen von einem Menschen, den sie kaum kannte. Verlassen von einem Menschen, von dem sie weder Name, Alter noch Wohnort wusste. Verlassen von einem Menschen, zu dem sie sich auf unerklärliche Weise abnormal stark hingezogen fühlte. Sofort wollte sie ihre beste Freundin Stella anrufen, jedoch dämmerte ihr nun, dass sie ihr Handy in der Nacht verloren hatte. Aufgeregt durchsuchte sie die Wohnung nach ihrem Smartphone. Sie hob ihre Jacke hoch, die sie gestern zusammen mit ihrer kleinen, schwarzen Handtasche auf die alte Truhe im Flur gelegt hatte, als sie zuhause ankamen. Da lag es. Sie entdeckte einen verpassten Anruf von Marc von 3.29 Uhr in der Anrufliste. Marc war also sein Name. Sophie erinnerte sich in diesem Moment, dass er sie in der Nacht angerufen hatte, als sie das Handy suchten. Und sie freute sich, dass sie nun auf schicksalhafte Weise doch noch Kontakt zu ihm haben konnte. Gleichzeitig kam ihr jedoch der traurige Gedanke, dass Marc wohl offensichtlich nicht mehr als sexuelles Interesse an ihr gehabt hatte, sonst hätte er sie schließlich nach ihrer Nummer gefragt. Eine bittersüße Welle von Melancholie überflutete sie. Warum nur muss ich immer an die

Falschen geraten? Dummes Mädchen! Ich bin so ein dummes Mädchen!

Den restlichen Abend verbrachte Sophie mal schlafend, mal halbwach grübelnd auf dem Sofa unter ihrer Decke in ihrer Komfortzone. Kurz vor dem Schlafengehen überwand sie sich, ihn anzuschreiben.

»Hallo schöner, fremder Mann. Wie geht es dir? Habe mein Handy wiedergefunden. Würde dich gerne wiedersehen.«

Die Häkchen färbten sich ein paar Minuten später blau.

»Ich denke nicht, dass das eine gute Idee ist, sich nochmal zu treffen.«

»Okay. Sagst du mir auch warum? Hab ich irgendetwas falsch gemacht?«

Diesmal erschienen keine blauen Häkchen, nicht einmal zwei graue. Sophie verstand die Welt nicht mehr. Wie gelähmt starrte sie in der nächsten halben Stunde immer wieder auf das Display ihres iPhones, das nicht mehr vorhandene Profilbild grübelnd betrachtend. Was zur Hölle? Warum tut er das? Sie sah sich umgeben von unzähligen Seifenblasen, in denen sie sich die Zukunft mit ihm schon ausgemalt hatte, die jedoch – eine nach der anderen – mit spöttischem Lachen um sie herum zerplatzten. Ihr Herz war schwer. Und die Enttäuschung kaum zu ertragen. So lange war sie – mal mehr, mal weniger – auf der Suche nach ihrem Traummann. Nach ihrem Seelenpartner. Sie las vermutlich zu viele Liebesgeschichten, sah zu viele kitschige Disneyfilme, in denen die Prinzessin am Ende immer vom Prinzen gefunden und gerettet wurde. Sie fühlte sich wie Belle in *Die Schöne und das Biest*, nur mit dem Unterschied, dass das Biest sich in ihrer Geschichte am Ende gegen das Mädchen entscheidet. Wie Aschenputtel, dem am Ende zwar der gläserne Schuh passt, jedoch vom Prinzen abgelehnt wird, weil der doch lieber mit einer der beiden Stiefschwestern durchbrennen will. Welch Elend. Sie legte sich auf das Sofa, zündete ein paar Kerzen an und drehte das Lied auf, das sie in der letzten Nacht zusammen angehört hatten. Während *Just gonna stand there and watch me burn* aus den Lautsprechern dröhnte, drifteten ihre

Gedanken in die vergangene Nacht ab. Vor ihrem bildlichen Auge saß er ihr gegenüber auf dem Sofa, auf dem sie sich in diesem Augenblick in Selbstmitleid suhlte, sein bildschönes Gesicht ihr zugeneigt. Er sang sie an: »That's alright because I love the way it hurts.« Sophie zog ihre Beine an sich heran und verkrümelte sich unter der dicken Bettdecke, die sie aus dem Schlafzimmer mit auf die Couch genommen hatte. Verdammt! Und inhalierte seinen Geruch, den er auf der Decke hinterlassen hatte. Verärgert über sich selbst, über ihn, über die Situation, in der sie sich befand und über den Duft, den er bei ihr hinterließ, sprang sie auf und schleuderte die Decke im nächsten Moment wutentbrannt gegen die weiße Wand gegenüber des Sofas. Wie kann man so gemein sein? Feige. Skrupellos. Herzlos. Während sie vor sich hin grübelte, braute sich in ihr ein Hass auf die gesamte Männerwelt zusammen – es brodelte und brodelte und brodelte. Nie wieder werde ich mit einem fremden Mann Sex haben!

Sophie war niemand, der sich schnell verliebte. Das war sie nie und das wollte sie auch nicht ändern. Sie verfiel seinem unwiderstehlichen Charme und der vermeintlichen Magie des Moments. Sie hätte es besser wissen, besser auf sich aufpassen müssen – vor allem auf ihr Herz, das in den letzten Jahren schon genug durchmachen musste. Sie griff entschieden zum Handy, um schweren Herzens seine Nummer zu löschen. In diesem Augenblick glaubte sie, ihren Augen nicht zu trauen. Im Chatverlauf, wo ihr noch vor wenigen Minuten ein weißes Standardmännchen im Kreis neben seiner Nummer angezeigt worden war, sah sie nun sein Profilbild wieder. Er hatte die Blockierung rückgängig gemacht. Was ist nur mit ihm los? Sophie wollte Antworten für sein Verhalten. Und sie bekam Antworten. Allerdings handelte es sich um Antworten, die sie am liebsten gar nicht gehört hätte.

»Tut mir leid, wenn ich dir falsche Hoffnungen gemacht habe. Ich dachte, es war klar, dass es sich nur um einen One-Night-Stand handelte.«

Uff, okay.

»Ja, leider nein! Für mich war das nicht klar«, antwortete Sophie. Sie besann sich kurz. »Kannst du mir sagen, warum du mich nicht mehr treffen möchtest? Habe ich etwas falsch gemacht?«

»Nein, du hast nichts falsch gemacht. Der Fehler liegt bei mir, denn ich bin schließlich derjenige, der in einer Beziehung ist.«

Sophie sprang vom Sofa auf. Wie bitte was? Sie konnte nicht fassen, was sie auf dem Bildschirm ihres iPhones las. Sie holte sich die Decke zurück, die sie zuvor gegen die Wand geworfen hatte. Diejenige Decke, die immer noch nach ihm duftete und die sie noch vor wenigen Minuten unbedingt loshaben, nicht bei sich haben wollte. Sie zog sie sich – nun auf dem Teppichboden sitzend – über den Kopf. Tränen brachen aus ihr heraus, während sie sich sanft, aber emotional völlig erschöpft, zur Seite fallen ließ. Rihanna hörte sie nur noch leise durch die dicken Federn singen. Tausende Gedanken schossen ihr durch den Kopf, während sie glaubte, in ihrem eigenen Tränenbad auf dem weichen Lammfellteppich auf dem Parkettboden ihres Wohnzimmers ertrinken zu müssen. Sie war immer schon davon überzeugt, dass es so etwas wie Magie zwischen zwei Menschen geben würde. Und in dem Moment, als sie in jener Nacht die kleine Kneipe um die Ecke betrat, wo sie ihn zum ersten Mal traf, war sie sich dessen sicher, dass eine solche Magie existierte. Das muss er doch auch gespürt haben? Während Sophie noch eine Weile auf dem Boden im Grübeln versunken war, die kleinen schwarzen Punkte auf der Innenseite der Bettdecke betrachtend, kam ihr ein Geistesblitz. Sie wusste doch, dass er eine Freundin hatte! Nach und nach fügten sich die Lücken des Puzzles, und alles begann einigermaßen Sinn zu ergeben. Sophie erinnerte sich an ein Gespräch aus der letzten Nacht. Marc hatte ihr in stark alkoholisiertem Zustand von einer Beziehung zu einer Frau erzählt, mit der er schon seit zehn Jahren zusammen war. Sie kamen zusammen, als er vierzehn war. Sie war seine erste große Liebe, hieß Karlotta und so alt wie er. O Mann! Ich habe mit einem vergebenen Mann geschlafen! Er hatte mir also die Wahrheit gesagt. Und mit offenen Karten gespielt. Scheiß Alkohol!

Nichtsdestotrotz hatte er seine Freundin mit mir betrogen und das nicht nur einmal. Sophies Gedanken schweiften ab. Sie liebten sich mehrmals in der Nacht, mehrmals am Morgen danach und sogar noch mehrmals in den Nachmittagsstunden. Als One-Night-Stand konnte man es, als er zum ersten Mal ihre Wohnung verlassen hatte, schon nicht mehr bezeichnen.

Den Kontakt in den folgenden Tagen empfand Sophie als aufregend und frustrierend zugleich, da stets der düstere Gedanke in ihrem Hinterkopf umherirrte, dass er nicht frei war. Doch bereits zu diesem Zeitpunkt befand sie sich schon auf dem besten Weg, die Rolle der anderen Frau einzunehmen – die Geliebte –, von der sie bisher immer nur in kitschigen Liebesromanen gelesen hatte und die sie aus Überzeugung niemals vorhatte, für irgendeinen Mann zu werden.

3

Gefühlschaos

Die beiden Hartschalenkoffer lagen geöffnet auf dem Parkettboden ihres Schlafzimmers. Sophie fieberte der bevorstehenden Thailandreise mit ihrer Tochter, ihrer Freundin Marie und deren Tochter freudig entgegen. Sie legte noch einen Stapel T-shirts in die rechte Seite des fast fertig gepackten Koffers, daneben ein paar Röcke. Bikinis fehlten noch! Sie lief zum Schrank. Die Qual der Wahl, wenn man zwölf Bikinis besitzt. Auf jeden Fall den weißen und den schwarzen. Vielleicht noch den pinkfarbenen? Ausgerechnet jetzt steht der Urlaub an. Der Duft von Sonnencreme und Meersalz, den sie schon förmlich riechen konnte, erhielt plötzlich einen bittersüßen Beigeschmack. Sie setzte sich neben den Koffer aufs Bett. Ihr iPhone, das neben dem Koffer lag, leuchtete auf.

»Ich wünsche dir einen schönen Urlaub. Du kannst dich ja mal melden, wenn von deiner

Seite aus Interesse an einem unverfänglichen Treffen besteht.«

Diese Nachricht begleitete Sophie nun den ganzen, langen Tag, während sie die letzten Vorbereitungen für ihre Reise traf. Schnell noch in die Apotheke. Moskitospray hatte sie vergessen zu besorgen. Vor dem weißen, sterilen Regal mit den Medikamenten stehend, schweiften ihre Gedanken abermals ab. Ein unverfängliches Treffen? Was sollte das nun wieder bedeuten? Hatte er mir nicht erst vor ein paar Tagen klar und deutlich kommuniziert, dass es für ihn eine einmalige Sache war und er keine Intentionen hatte, das in irgendeiner Form fortzusetzen? Sophie versuchte, ihre verworrenen Gedanken zu sortieren. Wenn er nun doch Interesse hat, mich weiterhin zu treffen, woran liegt das wohl? Ist die Beziehung, die er führt, am Ende? Ist er sexuell frustriert, weil mit seiner Freundin nach zehn Jahren nichts mehr läuft, die Luft raus ist? Will er sich auf ein Abenteuer einlassen, um seinem langweiligen, eintönigen Leben zu entfliehen? Was ist er für ein Mensch, der seine Freundin betrügt – keinerlei Anzeichen eines schlechten Gewissens, ja, sogar die Absicht, den Seitensprung bewusst weiterzuführen? Fragen über Fragen. Fragen, die nach Antworten schrien, die sie allerdings nicht bekam – zu diesem Zeitpunkt zumindest noch nicht. Nachdem sie das Moskitospray bezahlt hatte, lief sie gedankenverloren zurück in ihre Wohnung, wo sie sich auf ihr Bett legte. Sie begann zu tippen.

»Was verstehst du unter einem unverfänglichen Treffen? Sprechen wir hier von unverbindlichem Sex oder möchtest du gerne ein Date, weil dich meine Persönlichkeit umgehauen hat und du mich so extrem cool, witzig und charmant findest?«

Mit dem Absenden der Nachricht hatte Sophie das iPhone direkt unter ihr Kopfkissen gesteckt. Um auf Nummer sicher zu gehen, legte sie noch ein weiteres kleines Kissen und ihren Kopf darauf ab. Sie wollte die Antwort nicht lesen, weil sie Angst hatte, dass es nicht die sein würde, die sie hören wollte. Ihr Herz pochte bis zum Anschlag. Zwei Minuten später kramte sie das Smartphone unter dem Kopfkissen wieder hervor. Das Display zeigte eine neue Nachricht von Marc an. »Wenn dann eher in Richtung Sex, denke ich. Ist aber kein Muss.«

Vor dem Gang zur Apotheke noch himmelhochjauchzend, sich freuend über seinen Vorschlag, sich weiterhin zu treffen, versank sie in diesem Moment zu Tode betrübt in der weißen Bettwäsche ihres Bettes, die leider nicht mehr nach ihm duftete wie noch vor ein paar Tagen, als sie sich stundenlang in ebendieser liebten. Der Duft war verflogen. Genauso wie ihre Hoffnung, dass Marc ernsthaftes Interesse an ihr haben könnte.

Auf dem Weg zum Frankfurter Flughafen fand sie endlich ein bisschen Ablenkung. Die Kinder waren aufgeregt, genauso wie Marie und Sophie. Für Marie war es die erste Fernreise. Deswegen war sie besonders nervös. Sophie hatte mit ihrer zehnjährigen Tochter schon die halbe Welt bereist. Von Kuba, Jamaica, über Sansibar bis hin ins weit entfernte Indonesien. Mittlerweile gelang es Sophie immer mehr, sich von den negativen Gedanken, die sich wie ein trüber Schleier über ihren Kopf legten, loszureißen. Mit jedem

Kilometer, den sie von Würzburg nach Frankfurt hinter sich ließen, verblassten die Gedanken an Marc. Aus dem Radio erklang ein spanisches Lied, das Sophie in Urlaubslaune versetzte.

»You know we go where the feeling is alright«, grölte Sophie wie aus dem Nichts mantramäßig mit. Die anderen erschraken. Und begannen zu lachen. Die Stimmung lockerte sich auf. Alle waren glücklich. Beste Voraussetzungen für einen aufregenden, abenteuerlichen Urlaub in Thailand. Sophie lehnte sich zufrieden zurück, schloss die Augen und genoss die restliche Autofahrt.

Am Flughafen angekommen, machte Marie einen äußerst desorientierten, hilflosen Eindruck auf Sophie. So sehr sie sie als Freundin schätzte, aber manchmal war Marie echt verpeilt. Sie wusste nicht so recht, wohin mit den Koffern und Rucksäcken bei der Gepäckaufgabe, weswegen sie alles – ohne einem Mitarbeiter der Lufthansa Bescheid zu geben – auf das Band stellte, welches wiederum sofort die Gepäckstücke nach hinten beförderte. Die uniformierte Frau am Schalter war durch ein

Gespräch mit asiatischen Touristen abgelenkt. Schalter hundertdreiundzwanzig war nicht besetzt.

»Sophie!!! Mein Handgepäck!«, rief Marie panisch, während sie ihre Hände über dem Kopf zusammenschlug.

Sophie hatte schon immer eine sehr schnelle Auffassungsgabe und wusste bereits bevor Marie den Satz beendet hatte, was zu tun war. Sie hechtete sich bäuchlings mit dem Kopf voraus auf das circa dreißig Zentimeter breite, schwarze Band und wurde zwischen Schalter hundertdreiundzwanzig und hundertvierundzwanzig mitgerissen. Während sie vor Schmerzen laut aufschrie, denn das Band war tatsächlich extrem eng im Vergleich zu ihren Hüften, hörte sie hinter sich hysterische Schreie der anderen Drei.

»Was um Himmels Willen tun Sie denn da? Sicherheitsdienst!«, vernahm Sophie eine weibliche, entsetzte Stimme, die von der uniformierten Frau von Schalter hundertvierundzwanzig zu kommen schien. Bevor sie sich umsehen konnte oder die anderen sich erklären konnten, fand Sophie sich schon in den Armen zweier fast doppelt so großer und extrem muskulöser Securities wieder. Sophie gelang es, die Männer zu beruhigen.

»Die Passagiere des Fluges *Lufthansa LH2408* werden gebeten, sich zum Gate acht zu begeben«, ertönte die Information aus den Lautsprechern des Flughafens. Während des Boarding überflog sie flüchtig sein Instagram-Profil, das nicht viele Bilder enthielt. Auf einigen wenigen verlinkte er seine Freundin. Karlotta hatte einen öffentlichen Account mit sehr vielen Followern. Okay, wow. Was ist sie? Ein Insta-Model? Eine Influencerin? Food-Bloggerin? Passt ja gar nicht zu Marc, war Sophies erster Gedanke. Sie hatte keine Zeit mehr, ihre Fotos genauer unter die Lupe zu nehmen. Aber wie ein Model sah sie tatsächlich nun wirklich nicht aus, das konnte Sophie auf den ersten Blick erkennen. Wer war diese Frau? Dies würde das erste sein, was sie versuchen würde herauszufinden, sobald sie gelandet waren.

»Crew ready for take-off«, informierte der Kapitän seine Besatzung aus dem Cockpit. Und der Flieger hob ab.

Nach rund sechzehn Stunden Anreise über Bangkok, kamen sie endlich auf Koh Samui an. Völlig erschöpft fielen die Kinder sofort ins Bett. Auch Marie war müde und blieb auf dem Zimmer. Sophie lief zum Strand, was stets das Erste war, was sie tat, wenn sie in einem fremden Land ankam. Von Weitem konnte sie schon den Duft des Salzes riechen und die warme Brise fühlen. Herrlich! Es war schon dunkel, obwohl es gerade erst sieben Uhr geschlagen hatte. Sie zog ihre Schuhe aus. Ihre Finger und ihre nackten Füße vergruben sich im warmen, weichen Sand. Sie ließ sich nach hinten fallen, schloss ihre Augen und spürte förmlich, wie all der Kummer der letzten Tage von ihr abfiel. Es war befreiend. Das Rauschen der Brandung und das Krähen einer Möwe waren das Einzige, was sie in diesem Augenblick noch wahrnahm. Karlottas Instagram-Profil musste warten. Sophie hatte nicht das Bedürfnis, diesen friedlichen Moment, der nur ihr allein gehörte, zu zerstören, indem sie sich selbst schmerzlich vor Augen führte, wie unerreichbar Marc für sie war.

Auch am nächsten Tag hatte Sophie keinen Kopf für Influencer auf Instagram oder das Checken von WhatsApp-Nachrichten. Sie wollten sich einen Roller mieten – so wie das offensichtlich jeder tat, der auf einer Insel im Golf von Thailand unterwegs war. Als sie nach dem Frühstück auf den kleinen, bergigen Straßen auf der Suche nach einem Verleih waren, rasten etliche Roller an ihnen vorbei – manchmal sogar vierköpfige Familien auf einem Fahrzeug, teilweise alleinfahrende Kinder. Während sie kurze Zeit später direkt um die Ecke einen Thai fanden, der seine Maschinen zur Miete anbot, besprachen sie sich noch kurz. Beide hatten noch nie zuvor auf einem Roller oder einem Motorrad gesessen, geschweige denn eines von beidem gefahren.

»Ach, no risk, no fun!«, witzelte Sophie euphorisch. Sie war stets auf der Suche nach neuen Abenteuern und konnte es nicht erwarten, endlich die Insel zu erkunden. Marie plagten immer noch Zweifel. Sie konnte sich ihr Lachen über Sophies Unbekümmertheit jedoch nicht verkneifen und ließ sich schließlich breitschlagen, die Roller zu mieten.

»Der Thai schaut ja nicht so begeistert«, sagte Sophie und lachte.

»Der wird sich Sorgen um seine Roller machen«, entgegnete Marie. Auch sie lachte.

Die vier zogen sich die Helme auf und starteten die Fahrt. Der Thai vom Verleih beobachtete das Geschehen skeptisch. Beide verschwanden mit den Kids auf ihren Rollern – die eine bergaufwärts, die andere bergabwärts. Marie fuhr in die falsche Richtung. O Mann! Sophie versuchte, den Roller zu wenden, was sich jedoch als ziemlich schwierig herausstellte, denn sie musste eine Berganfahrt machen. Das alte Verkehrsschild, das am Rande zwischen zwei Palmen auf halb acht hing, zeigte eine Steigung von zwanzig Prozent an. Ach herrje, dachte sich Sophie und gab Gas – mit angezogener Handbremse. Sie rammte das Fahrzeug in die gegenüberliegende, kleine Steinmauer vor dem Eingang zur Rezeption eines Nachbarhotels. Die thailändische Rezeptionistin schien die Situation nicht zu kümmern, sie machte keine Anstalten, nach Sophie und deren Tochter zu sehen. Sophie ließ Karla beim Roller warten und schleppte sich schwitzend in der prallen Mittagssonne den steilen Berg nach oben, um den anderen beiden Bescheid zu geben, was passiert war. Als sie ungefähr auf der Höhe des Verleih-Standes war – der Thai war sichtlich irritiert –, sah sie aus der Ferne Marie mit der kleinen Lauren, die weinend und zitternd ihren Arm hielt, den Berg hinab laufen. Ohne Roller. Ach du sch…! Sophie war bestürzt. Im nächsten Moment spürte sie, wie sich ein breites Grinsen in ihrem Gesicht abzeichnete. Sie schlug sich die Hände vor dem Gesicht zusammen. O Gott!

»Wir hatten einen Unfall!«, schrie Lauren aufgeregt. Ihre Augen waren wässrig. Sie verschränkte die Arme vor ihrem zittrigen Körper. Sophies Blick fiel auf Maries Arm, der stark blutete. Lauren blieb weitgehend verschont, dennoch war sie aufgelöst, da Marie den Roller wohl direkt in die Pampa preschte, wo die beiden unter dem Fahrzeug zum

Erliegen kamen. Sie hatten Glück, dass Marie nicht eine der vielen Palmen mit umgenietet hatte.

»Wir auch!«, antwortete Sophie. Und konnte jetzt ihr Lachen nicht mehr unterdrücken. Sie war sich dem Ernst der Lage durchaus bewusst, jedoch war sie nicht im Stande, die Situation nicht lustig zu finden. Sie waren gerade einmal fünfhundert Meter gefahren und brachten es fertig, beide einen Unfall zu bauen! Nun ließen sich auch Marie und Lauren anstecken.

»Wir crazy Weiber!«, sagte Marie lachend.

Sie holten wenige Minuten später Karla ab, die immer noch unten beim Roller wartete und begaben sich auf den Weg zum Thai, um sich um die Schadensregulierung zu kümmern. Das Thema Roller hatte sich vorerst erledigt. Der Tag war gelaufen. Im wahrsten Sinne des Wortes.

Am Abend erholten sie sich von dem turbulenten, nervenaufreibenden Erlebnis am Strand. An Marc dachte Sophie an diesem ersten Urlaubstag auf der Insel kaum. Und das war gut so, fand sie. Die nächsten vierzehn Tage gelang es ihr, ihren Urlaub in vollen Zügen zu genießen. Hin und wieder ertappte sie sich bei einem flüchtigen Gedanken an ihn. Sie war gespannt, wie es weitergehen würde, wenn sie wieder zu Hause war.

»Wir beginnen nun mit dem Landeanflug auf Frankfurt. Das Wetter ist vorwiegend sonnig, mit Temperaturen um die sechsundzwanzig Grad. Die aktuelle Ortszeit beträgt 16.40 Uhr. Bitte legen Sie Ihre Sicherheitsgurte an, stellen die Rückenlehne Ihres Sitzes gerade und klappen Sie den Tisch ein. Bitte schalten Sie Ihre elektronischen Geräte aus. Im Namen der gesamten Besatzung bedanke ich mich, dass Sie für Ihren heutigen Flug Lufthansa gewählt haben«, informierte der Kapitän seine Passagiere.

Der Urlaub war zu Ende. Sophie war außer sich vor Freude, Marc bald wieder zu sehen. Gesetzt den Fall, er hatte es sich in der Zwischenzeit nicht wieder anders überlegt. Über ihr leuchteten die Anschnallzeichen rot auf. Sophie warf sich – wie immer – noch eine ihrer Tabletten gegen ihre Flugangst ein, die sie von

Doktor Bartel kurz vor ihrer Reise bekommen hatte.

»Ziemlich harter Stoff«, hörte sie ihn noch witzelnd warnen. »Nehmen sie nicht zu viel davon ein!«

Nachdem sie nun auch den letzten Koffer vom Rollband geholt hatten, liefen die Mädels in die Flughafenhalle, von wo aus sie zum Fernbahnhof finden mussten. Sophie blieb jedoch plötzlich wie angewurzelt stehen und schaute in die Menschenmenge.

»Sophie! Komm schon! Wir müssen zum Zug!«, hörte sie Marie aus der Ferne drängen.

»Sophie!«, rief eine viel tiefere Stimme aus der anderen Richtung. Die Tabletten haben es ja ganz schön in sich, stellte Sophie erstaunt fest. Die tiefe Stimme, die sie da hörte, war jedoch nicht Maries. Es war Marcs. Lächelnd stand er mit einem Strauß prächtiger roter Rosen – woher wusste er, welche ihre Lieblingsblumen waren? – nur wenige Meter von ihr entfernt. Er winkte ihr mit der freien Hand zu. Sophie ließ kopflos ihr Gepäck zurück, rannte freudig auf ihn zu und kam schließlich in seinen offenen Armen an. Ein wohliges, warmes Gefühl vollster Glückseligkeit strömte durch ihren Körper. Sie konnte ihr Glück nicht fassen. Das war ja wie in einer Hollywood-Schnulze. In diesem Moment gab es nur Marc und sie – und sie wünschte, dieser Moment würde ewig andauern.

»Sophie! Sophiiie!«, die tiefe Stimme wurde plötzlich höher und höher. Was ist das? Was ist mit seiner Stimme passiert?

»Sophie! Wach auf! Wir sind gelandet und müssen aussteigen!«

Noch immer benommen von dem starken Beruhigungsmittel, das sie sich dreißig Minuten zuvor eingeschmissen hatte, kam Sophie allmählich wieder zu sich, versuchte, sich zu orientieren. Sie blickte nach links, dann nach rechts. Und hinter sich. Alle ihre Mädels waren da. Die Kleinen und die Große. Wer allerdings nicht da war, das war Marc. Was zur Hölle geht hier vor sich? Was ist nur los mit mir? Sophie war immer noch benebelt von den Pillen. Auf dem Weg vom Flughafen zurück nach Würzburg hatte sie etwas Zeit und

Raum, sich wieder zu sammeln. Alle waren müde von der langen Rückreise. Die Kinder schliefen wie Steine in den blaugemusterten Sitzen mit den kleinen schwarzen Vierecken. Sophies Blick fiel aus dem großen Fenster, streifte grüne Landschaftsbilder, Wiesen, Felder, Seen. Ab und zu winzige Häuser in der Ferne.

»In wenigen Minuten erreichen wir Würzburg Hauptbahnhof. Der Ausstieg befindet sich in Fahrtrichtung rechts«, hörte sie eine männliche Stimme durch die Lautsprecher ansagen.

»Sänk ju for träveling wis Deutsche Bahn«, rief Sophie in die Runde, als sie aufstand, um die Koffer zu holen. Die Kinder wachten auf. Marie grinste.

4

Und jetzt?

Sie stiegen schwer bepackt die alte Stein-
treppe, die zur Wohnung führte, nach oben.
Ans Auspacken war heute nicht mehr zu denken. Die Hartschalenkoffer blieben im Flur in
einer dunklen Ecke stehen. Sophie und Karla
fielen erschöpft ins Bett. Nach längerer Abwesenheit von zuhause nahm sie immer einen
seltsam fremden Geruch in ihrer Wohnung
wahr. Sie wälzte sich in den weißen Laken ihres Bettes hin und her, ihre Augen konnte sie
kaum offen halten vor Müdigkeit. Zum ersten
Mal seit der Ankunft in Deutschland checkte
sie nun die Nachrichten auf ihrem Smartphone. Marc hatte ihre Frage nach einem Treffen am Wochenende beantwortet.

»Dieses Wochenende ist es eher ungünstig,
weil meine Freundin aus München da ist. Außerdem bin ich am Samstag auf einer Geburtstagsfeier in der Stadt.«

Keine erfreulichen Neuigkeiten, fand Sophie, während sie sich umdrehte und – ihr Handy immer noch in der rechten Hand haltend – einschlief.

Am nächsten Morgen wachte sie mit einem flauen Gefühl in der Magengegend auf. Schlaftrunken machte sie sich – wie immer nach dem Aufstehen – auf den Weg durch den langen Flur zur Kaffeemaschine. Trübe Gedanken begleiteten sie dorthin. Ich muss die Sache jetzt beenden. Lieber ein Ende mit Schrecken, als ein Schrecken ohne Ende, versuchte sie sich einzureden. Sie war der emotionalste und impulsivste Mensch, den sie kannte. Ihren Freundinnen gab sie stets vernünftige und gut gemeinte Ratschläge, wenn es um Männer ging. Nie konnte sie zum Beispiel begreifen, warum Stella ihrem damaligen Freund die vielen Seitensprünge verziehen hatte. Stella war seit acht Jahren ihre beste Freundin. Und Timo war nicht gut für sie. Er war ein Arschloch, gelinde gesagt. Während Stella im neunten Monat mit ihrer ersten Tochter schwanger war, erfuhr sie, dass Timo seit Längerem eine Affäre hatte, ja sogar ein

Doppelleben führte. Sophie kam es in diesem Moment vor, als sei es gestern gewesen. Sie war mit Stella am See, sie saßen an einem schattigen Plätzchen in der Wiese unter einem großen Baum, als Stella von der anderen Frau erfuhr. Sophie fehlten die Worte. Nie hätte sie Timo so etwas zugetraut. Er war so ein lieber Kerl, scheinbar zu gut für diese Welt. Er sorgte sich, kümmerte sich um den Haushalt, begleitete Stella zu den Arztterminen, las ihr jeden Wunsch von den Augen ab. Der nette Junge von nebenan. Alles Fassade. Sophie konnte nicht fassen, dass er zu so etwas fähig war. Noch weniger konnte sie es fassen, dass Stella nicht sofort seine Koffer packte und ihn vor die Tür setzte. Was sie verstehen konnte war, dass sie kurz vor der Geburt nicht alleine dastehen wollte. Sehr schlechtes Timing. Timo gelobte Besserung, und Stella gab ihm eine zweite Chance. Im Endeffekt hatte er sie eineinhalb Jahre später kurz nach der Geburt ihres zweiten Kindes wieder betrogen, diesmal gleich mit zwei Frauen. Das Gute an der Sache war, dass Stella ihn nun endlich zum Teufel schickte. Sophie empfand tiefes Mitleid, weil sie sich ein Happy End für die beiden gewünscht hätte.

Sophie war entschlossen, sich Marc aus dem Kopf zu schlagen. Wohin sollte diese Verbindung auch führen? Will ich die andere Frau sein, die sich in eine langjährige, bestehende Beziehung drängt? Will ich die andere Frau sein, die immer hoffen muss, dass er seine Partnerin für mich verlassen wird? Will ich die andere Frau sein, die nie den kompletten Marc bekommt, immer nur einen Teil von ihm, alle paar Wochen für wenige Stunden? Nein. Die Antwort war klar. Und Sophies Entschluss stand fest.

»Ich will dich nie wieder sehen!«, sagte Sophie leise zu sich selbst, nachdem sie den letzten Schluck ihres Kaffees ausgetrunken hatte.

Drei Tage später – Sophie saß alleine zuhause auf dem Sofa und schaute ihre Serie – erwischte sie sich selbst in einem schwachen Moment. Sie schaute auf ihr Handy. Keine Nachricht. Warum sie überhaupt eine erwartete, wusste sie nicht. Sie wünschte es sich vielleicht tief in ihrem Innern, dass er es sich anders überlegen und sich melden würde, obwohl sie beschlossen hatte, dass sie das gar nicht will. Ein Ende mit Schrecken eben. Doch so leicht war das nicht. Im Gegenteil. Warum, konnte sie sich selbst nicht erklären. Schließlich kannte sie ihn ja kaum. Gibt es etwas wie Liebe auf den ersten Blick? Mit diesen Gedanken schlief sie auf dem Sofa neben ihrem MacBook ein. Die Lichter waren noch an, es war gerade mal halb elf.

Das iPhone leuchtete am nächsten Morgen auf dem kleinen weißen Wohnzimmertischchen hell auf. Eine Nachricht von Stella. Nichts Besonderes. Sie öffnete WhatsApp und sah, dass Marc ihr in der Nacht geschrieben hatte.

»Was machst du noch?«

Sophie spürte, wie sich ihre Laune schlagartig änderte. Sie schrie innerlich vor Freude. Interessant, dachte sie sich. Allerdings ließ sie die Nachricht auch verwirrt zurück. Er war doch mit ihr in der Stadt auf einer Geburtstagsfeier? Wie lief das wohl ab? Ist sie ohne ihn nach Hause gegangen und er wollte noch zu mir kommen? Oder wollte er sich von der

Party abseilen, auf der er mit ihr war? War es vielleicht sogar ihre Geburtstagsfeier? Fragen über Fragen schossen durch Sophies Kopf. Er treibt mich in den Wahnsinn!

»Sorry, bin ziemlich früh eingeschlafen gestern. Warst du nicht auf dieser Geburtstagsfeier?«

»Doch, doch. Aber die löste sich dann doch schnell auf und ich hatte noch keine Lust, nach Hause zu gehen.«

Sophie war verärgert. Zum einen, weil sie doch gerade vor wenigen Tagen beschlossen hatte, ihn abzuhaken. Und dann meldete er sich wieder wie aus dem Nichts. Zum anderen empfand sie Wut deswegen, weil sie eingeschlafen war. Wäre ich doch noch länger wach geblieben, hätte ich ihn wiedersehen können. Wer weiß, ob ich ihn jemals wiedersehen werde … Hoffnung gab ihr das Ganze, weil er anscheinend doch Interesse an ihr hatte, sonst würde er sich nicht mitten in der Nacht in angetrunkenem Zustand bei ihr melden, und schon gar nicht, wenn er mit seiner Freundin unterwegs war. In vino veritas!

Während sie noch immer auf dem Sofa lag und langsam wach wurde, überlegte sie sich, ob sie ihnen nicht doch eine Chance geben wollte – was auch immer das sein mochte, denn sie schien anscheinend aus welch Gründen auch immer eine tiefe Verbundenheit zu diesem Mann zu fühlen. Es fühlte sich besonders an, es war intensiv und das Wichtigste: Es war echt. Sophie hatte schon lange keine solchen Gefühle mehr für einen Mann empfunden. Sie verliebte sich nicht oft. Sie war schon immer sehr wählerisch, hatte ein genaues Bild von ihrem Traummann, von dem sie auch nicht abweichen wollte. Abstriche zu machen war noch nie ihr Ding. Optisch gesehen war Marc voll ihr Typ. Groß, schlank, dunkle Haare, Drei-Tage-Bart, große Hände, ein sexy Po, atemberaubend schöne Augen. Sie liebte seine Gesichtszüge und seine vollen Lippen. Er war bildschön. Jedoch war es nicht das äußere Erscheinungsbild, das Marc so einzigartig machte. Es war viel mehr als das. Sie liebte seine Persönlichkeit, von der sie bis zu diesem Zeitpunkt allerdings noch nicht allzu viel wissen konnte. Was sie in diesen ersten vier

Wochen am meisten faszinierte, war seine gelassene Aura, die er versprühte, sobald er einen Raum betrat. Er strahlte eine Art innere Zufriedenheit und Ausgeglichenheit aus, die Sophie magisch anzog, die ihr gut tat. Das Beste allerdings, so fand Sophie, war sein Sinn für Humor. Er hatte diesen trockenen Humor wie Sophie selbst. Von Anfang an verband sie diese Sache, dass sie sich anschauten und genau wussten, was der andere gerade denkt oder was er aus welchem Grund lustig fand. Sie liebte es, wie er sie neckte. Wie er einfach „Spasti" zu ihr sagte, als sie ihm eine Anekdote aus der Schule erzählt hatte. Sophie hatte bis zum Treffen auf Marc ihren Traummann nicht gefunden. Es gab natürlich andere Männer und Beziehungen vor ihm, jedoch konnte keiner auch nur annähernd Marc das Wasser reichen. Er war sowohl optisch als auch charakterlich all das, was sie sich von ihrem Traummann wünschte. Bis auf eines: Die Tatsache, dass er seine Freundin skrupellos betrog. Aber Sophie war sich bereits nach der Kürze der Zeit sicher, dass es dafür Gründe gab, die er sich vielleicht selbst nicht eingestehen wollte. Er war kein von Grund auf bösartiger Mensch, der ohne Rücksicht auf Gefühle anderer handelte. Ihre Freundinnen stellten Sophie immer als naiv hin, wenn sie mit dieser Theorie ankam.

»Was redest du dir das denn so schön? Mach doch die Augen auf, Sophie! Er lügt und betrügt! Meinst du nicht, er würde das Gleiche auch mit dir tun, wenn ihr irgendwann mal eine Beziehung haben solltet?«, waren die immer wiederkehrenden, Sophie immer wieder aufs Neue verletzenden Worte ihrer besten Freundinnen. Tief im Inneren war Sophie sich dieser traurigen Wahrheit dennoch bewusst, aber sie konnte oder wollte es sich nicht eingestehen. Das, was sie im Moment wollte, war Marc. Und es war ihr egal, wie man diese Verbindung bezeichnete. Sie wollte natürlich gerne eine Beziehung mit ihm, sie wollte ihn bei sich haben, so oft wie möglich, sie wollte mit ihm einschlafen und aufwachen, sie wollte ihren Alltag mit ihm teilen. Aber es war nicht von Bedeutung, dass das Ganze den Namen „Beziehung" tragen musste, denn darum ging es ihr nicht in erster Linie. Marie war seit der

Trennung von ihrem Mann vergeblich auf der Suche nach einer Beziehung. Sophie nicht. Sophie genoss ihre Freiheit als Single. Sie versuchte nie, eine Beziehung zu erzwingen, nur damit sie nicht alleine war. Sie genoss es, tun und lassen zu können, was sie wollte. Sie konnte ihre Wohnung einrichten wie sie wollte, sie konnte reisen, wann, wie oft und wohin sie wollte. Sie konnte ihr Geld ausgeben wofür sie es wollte, wie viel sie wollte, ohne sich Vorwürfe machen lassen zu müssen. Sie konnte kochen und essen, was sie wollte. Keine Rücksicht auf Veganer, Vegetarier oder Salat-Hasser musste sie nehmen. Sie konnte Fast Food in sich hineinstopfen, ohne sich blöd von der Seite anmachen lassen zu müssen. Wenn sie wollte, konnte sie am Tag dreimal Burger essen. Sie konnte schlafen, wann und wie lange sie wollte. Ohne dumme Kommentare von jemandem, der es vielleicht unmöglich fand, dass sie manchmal drei Stunden Mittagschlaf hielt. Sie konnte ihre Freunde treffen, wann immer sie Lust dazu hatte und die Nacht zum Tag machen, wann immer sie das Bedürfnis dazu hatte. Sie musste keinem

Rechenschaft abliefern. Und das war für Sophie die größte Freiheit, die sie haben konnte und wollte.

»Hast du schon Pläne für nächstes Wochenende?«, fragte Marc.

Ein breites Grinsen legte sich auf Sophies gerade noch grimmiges Gesicht. Yes!

»Noch nicht wirklich was geplant. Du?«, antwortete sie erwartungsvoll.

»Ich hab auch noch nichts vor. Was hältst du von einem Treffen?«

»Klar, gerne. Magst du zu mir kommen? Freitagabend, halb neun? Passt das für dich?«

»Perfekt!«

Sophie schmiss vor Freude das iPhone auf die Couch und im selben Augenblick führte sie – die Hände abwechselnd in die Luft streckend, die Hüften kreisend – einen Freudentanz auf. Ihr Blick traf im nächsten Augenblick den Nachbarn, der im weißen Feinrippunterhemd aus seinem Fenster direkt in Sophies Wohnzimmer blickte, während er seine

Bettwäsche ausschüttelte. Sie winkte ihm grinsend zu.

»Aaaaaaah!«, schrie sie euphorisch, während sie sich nun die Hände über dem Kopf zusammenschlug.

Sofort griff sie zum Handy, um Stella von ihrem Date zu berichten. Die war allerdings nicht sonderlich begeistert. Sie freute sich natürlich für Sophie, aber dennoch versuchte sie, sie zu warnen. Stella hatte kein gutes Gefühl, was Marc und die Liaison mit ihm anging. Sie wollte Sophie schützen. Wie eine Löwenmama ihr Löwenbaby. Schließlich hatte sie selbst Erfahrung mit Fremdgehen, auch wenn sie nicht die andere Frau gewesen war. Stella fand, Marc war ein Arschloch. Sophie konnte ihr das nicht verübeln, nachdem was Stella mit Timo durchgemacht hatte und was Sophie ihr über Marc erzählt hatte.

5

Hello again!

Das Herz pocht. Kribbeln im Bauch. Ein flaues
Gefühl in der Magengegend. Vom Wohnzim-
mer ins Badezimmer. Einen flüchtigen Blick in
den Spiegel werfend. Die Frisur sitzt. Das
Haar und die Haut duften angenehm leicht
nach Vanille. Vom Badezimmer zurück ins
Wohnzimmer. Das Herz pocht. Kribbeln im
Bauch. Ein flaues Gefühl in der Magengegend.
Vom Wohnzimmer zurück ins Badezimmer.
Beine rasiert und eingecremt. Zart wie Baby-
popo. Vom Badezimmer zurück ins Wohn-
zimmer. Das Herz pocht. Kribbeln im Bauch.
Ein flaues Gefühl in der Magengegend. Vom
Wohnzimmer zurück ins Badezimmer. Die
schwarzen Spitzen-Dessous sehen sexy aus.
Das wird ihm gefallen.

»Wo sind nur diese scheiß Bachblüten?«

Nervös durchsuchte sie die ganze Wohnung
nach diesem kleinen bräunlichen Fläschchen

mit gelbem Etikett. Nach dem Fläschchen, von dem sie zu erwarten schien, dass nur wenige Tropfen ihr diese beschissene Nervosität nehmen würden. Bachblüten also. So weit war es schon, dass sie wie ein Junkie auf Entzug die gerade noch auf Vordermann gebrachte Wohnung durchstöberte, um dieses Teufelszeug zu finden. Das Herz pocht. Kribbeln im Bauch. Ein flaues Gefühl in der Magengegend. Plötzlich dämmerte es ihr. Sie hatte die Tropfen ja erst kürzlich mit in die Schule genommen, damit sie sie sich kurz vor dem Unterricht in der 8a einträufeln konnte. Unsicherheit war schon immer eines der Dinge, die sie überhaupt nicht an sich leiden konnte. Eigentlich konnte sie schon von sich behaupten, eine selbstbewusste, bodenständige und mutige Frau zu sein. Ihre Freunde schätzten sie genauso ein und bewunderten sie immer, wie sie das alles so locker-flockig managte: Den Vollzeit-Job in der Schule, die Erziehung ihrer Tochter, ihre Hobbies, Familie, Freunde. Sie öffnete ihre alte, braune Ledertasche und kramte zwischen Stempeln, Mäppchen und Schulbüchern das kleine, bräunliche Fläschchen mit gelbem Etikett hervor.

»Sag das bloß nicht Marc, dass du Beruhigungsmittel vor eurem Date genommen hast. Der denkt ja, du bist nicht mehr ganz dicht«, las Sophie auf dem Display ihres Handys. Sie liebte Stella für diese Sprüche und wie sie sich beide in diesem Moment köstlich über Sophies Zustand und Verhalten amüsierten. Über sich selbst lachen konnte Sophie schon immer ziemlich gut. Es gingen noch einige vor Lachen heulende Smileys und sich die Augen zuhaltende Affen hin und her, bis eine andere Nachricht Sophie plötzlich zum Erstarren brachte.

»Ich wäre dann auch da«, schrieb Marc.

Es ist ja nicht so, dass Sophie Marc nicht erwartet hätte. Und es ist ja auch nicht so, dass sie für halb neun verabredet gewesen wären bei ihr zuhause. Und es ist schon gar nicht so, dass die Zeiger ihres Radioweckers gerade auf halb neun vorgerückt wären. Wieso erschrak sie in diesem Augenblick dann doch derart, dass sie sogar kurz mit dem Gedanken spielte, ihm die Tür nicht zu öffnen und so zu tun, als wäre sie nicht daheim? Was zur Hölle ist bloß los mit mir? Sophie wurde plötzlich speiübel. Sie hatte das Gefühl, als ob sie gleich ohnmächtig zu Boden fallen würde. Was habe ich mir nur dabei gedacht, mich darauf einzulassen, jetzt wo ich sicher weiß, dass er nicht frei ist? Was bin ich nur für ein Mensch, der ohne Skrupel plant, mit dem Mann einer anderen Frau zu schlafen? So wollte ich doch nie sein! Was ist mit meinen Werten und Idealen?

»Machst du mir auch auf? Ich weiß nicht, wo ich klingeln muss.«

O nein! Sie hatte völlig vergessen, dass Marc seit fünf Minuten vor ihrer Haustür stand. Jetzt gab es wohl kein Zurück mehr.

»Stell dich nicht so an!«, hörte sie ihre innere Stimme mahnen. Langsam lief sie durch den langen hellen Flur zur Sprechanlage. Der Weg dorthin kam ihr ewig vor. Tausende Gedanken begleiteten sie. Sie drückte gedankenverloren auf den Türöffner.

»O - mein - Gott«, flüsterte sie leise, während sie sich die Hände vor dem Gesicht zusammenschlug. Sie kann sich nicht daran erinnern, wann sie das letzte Mal so aufgeregt war. Vermutlich vor ihrer letzten Lehrprobe vor sechs Jahren. Aber da ging es ja auch um was. Das bedeutete ihr viel, denn sie wollte allen beweisen, dass sie eine gute Lehrerin war. Sophie schossen Szenarien aus der Vergangenheit durch den Kopf. Sie sah Stella vor sich, wie sie das Direktorat gestürmt hatte und Sophie um den Hals gefallen war, kurz nachdem die Seminarlehrerin Sophie die Eins in der Deutschlehrprobe mitgeteilt hatte. Ging es hier denn auch um so etwas Großes?

»Die Wohnungstüre müsstest du mir auch noch auf machen«, schrieb Marc mit einem Zwinkersmiley.

O nein! Schon wieder hatte sie Marc vor der Tür stehen lassen. Sophie ordnete kurz ihre Gedanken, zupfte ihre blaue Jeans, die definitiv zu eng war – hatte sie schon wieder zugenommen? –, zurecht, und holte noch einmal tief Luft. Dann öffnete sie die Tür.

»Naaaaaaa«, begrüßte sie ihn lächelnd.

Ernsthaft? Etwas noch Uncooleres fiel ihr in dem Moment offensichtlich nicht ein. Ein bisschen kam sie sich vor wie Baby in *Dirty Dancing*, die Johnny bei ihrer ersten Begegnung sagte, sie habe eine Wassermelone getragen.

»Hey«, entgegnete er ihr mit einem breiten Grinsen, offenbar köstlich amüsiert über die Begrüßung und die Tatsache, dass sie ihn so lange warten lassen hatte. Er lief vor ihr die Treppe hoch. Sophie musterte ihn von oben bis unten. Blaue Hose, weinrot-meliertes Shirt und hellblaue Kapuzenjacke darüber. Naja, also das traf nun nicht wirklich Sophies Geschmack. Es war zu bunt, aber verdammt, es passte so gut zu ihm, dass es schon wieder sexy war. Sophie liebte Mode. Das war die Sache, für die sie schon immer brannte und ihr Geld gerne ausgab. Manchmal auch zu viel des Guten. Für sie war Kleidung nicht einfach Kleidung, sondern eine wunderbare Möglichkeit, ihre Persönlichkeit zum Ausdruck zu bringen. Ihr Kleiderschrank zählte bis dato hundertsechsundzwanzig Hosen, hundertzweiundsiebzig oder -dreiundsiebzig Oberteile, vierundneunzig Kleider und circa dreiundachtzig Paar Schuhe. Das Witzige daran war, dass die meisten Teile fast identisch aussahen. Das meinte zumindest ihr Vater immer.

Im Wohnzimmer angekommen, sah Marc sie sichtlich eingeschüchtert an. Er schien nicht so recht zu wissen, ob er sich hinsetzen sollte oder was sie vor hatte. Sophie brachte vor lauter Aufregung auch kaum ein Wort heraus. Sie setzten sich nebeneinander auf das Sofa. Was soll ich jetzt tun? Erwartet er von mir, dass ich jetzt direkt über ihn herfalle? Oder soll ich mich zurückhalten und ihn den ersten Schritt machen lassen? Was ist das hier? Ein Sex-Treffen? Oder doch das erste offizielle Date? Sophie konnte die Situation nicht einordnen und Marc, der erschien ihr nach wie vor äußerst rätselhaft. Sie war nicht in der Lage, seine Absichten zu deuten. Vermutlich wollte er nur Sex, schließlich hatte er ja eine Beziehung und hatte ihr das so kurz vor ihrem Urlaub auch kommuniziert. Die Situation war für Sophie ungewöhnlich. Sie fühlte sich angespannt und wohl zugleich. Sie spürte, wie sie glühte, ihre Hände schwitzten.

»Jetzt reiß dich verdammt nochmal zusammen!«, ermahnte sie sich erneut selbst. Und er saß da, wunderschön und anmutig, mit seinen lässigen Klamotten, der verwuschelten Frisur, dem sexy Drei-Tage-Bart und seinem unwiderstehlichem Lächeln. Eine eigenartige Situation. Sie fühlte sich eingeschüchtert von ihm. Was will er überhaupt von mir? Der kann doch nun wirklich jede haben, so wie er aussieht! Sophie versuchte trotz aller Selbstzweifel, das Eis zu brechen und schlug vor, auf den Balkon zu gehen. Sie rauchten ein paar Malboro Lights, während sich die Stimmung deutlich lockerte. Marc erzählte ihr von seiner Arbeit. Er war IT Consultant in einer kleinen Filiale in der Stadt. Er erweckte den Eindruck, seinen Job zu mögen, fühlte sich wohl in der Arbeit. Sophie genoss es, ihm zuzuhören. Sie hing förmlich an seinen Lippen, wollte alles über ihn wissen. Sie war auch beeindruckt, dass er mit vierundzwanzig schon sein Studium abgeschlossen und eine Festanstellung hatte. Er machte auf sie einen vernünftigen, bodenständigen Eindruck. Das gefiel ihr. Sophie spürte, wie sie allmählich ruhiger wurde.

Er studierte in Bamberg. Sophie liebte diese Stadt, obwohl sie erst einmal dort gewesen war. Bamberg erinnerte sie irgendwie an Würzburg. Beide hatten diesen außergewöhnlichen Charme. Kleine, verwinkelte, enge Gässchen, süße Shops, wundervolle alte Häuser. Italienisches Ambiente. Auch das gefiel ihr.

»Erzähl mir mehr von dir«, sagte sie lächelnd.

Sophie hörte ihm gerne zu, wenn er erzählte. Nach dem Studium zog er zurück nach Würzburg in eine Wohnung im Haus seiner Eltern, das in einem kleinen ländlichen Ort wenige Kilometer von der Stadt entfernt lag. Auch das gefiel Sophie. Sie hatte auch nicht immer in der Stadt gelebt, sondern kam aus einem Ort fünfundvierzig Fahrtminuten von Würzburg entfernt. Ihre letzte Beziehung war eine Fernbeziehung, was ihr überhaupt nicht zusagte. Die Wochenenden vergingen viel zu schnell und oft hatte Sophie das Gefühl, sie hätte mehr Zeit Schnulzen grölend in ihrem schwarzen Mini-Cooper im Stau auf der A3 verbracht als mit ihrem damaligen Freund.

Über seine Freundin sprachen sie nur kurz. Sophie war es unangenehm. Sie wollte auf der einen Seite gerne wissen, wer sie war, wie sie tickte, ob sie cool und witzig war und ob sie überhaupt nur den Ansatz einer Chance gegen sie hätte, wenn sie das wollte. Aber sie brachte es nicht fertig, ihn auszufragen. Das Einzige, was sie erfuhr war, dass sie gerade ein Praktikum in München begonnen hatte, das voraussichtlich bis Ende Februar dauerte. Sophie zog an ihrer Marlboro Light. Sie runzelte die Stirn. Vor drei Wochen, das war Mitte August, hatten sie sich zum ersten Mal getroffen. Da war seine Freundin wohl schon nicht mehr in der Stadt. Oha ... Kaum ist sie weg, landet er mit einer Anderen im Bett? So schätze ich ihn eigentlich nicht ein. Aber die Tatsachen sprachen für sich. Sophie nippte an ihrem Rotweinglas. Wer bist du? Und was machst du hier bei mir? Bist du auf der Suche nach einem Abenteuer für die Zeit der räumlichen Trennung zu ihr? Sexsüchtig? Langt es dir nicht, sie alle paar Wochen flachzulegen? Nymphoman? Gibt es Nymphomanie überhaupt bei Männern? Oder wie nennt man das

dann? Oder bist du tatsächlich nicht abgeneigt, dich auch emotional auf mich einzulassen?

Es wurde kalt auf dem Balkon ihrer Stadt-
wohnung. Sophie legte sich eine Decke um die
Schultern.

»Sollen wir rein gehen?«, fragte er nach.

Wie aufmerksam. Punkt für ihn. Sophie verschwand im Badezimmer, um sich noch
schnell die Zähne zu putzen, denn sie konnte
es nicht leiden, wenn sie beim Küssen nach Nikotin schmeckte. Ihr Blick fiel in den kleinen
viereckigen Spiegel über dem weißen Waschbecken. Sie hatte sich wirklich hübsch gemacht für ihn. Und sie fand, sie sah nicht wirklich alt aus. Sophie war achtunddreißig, also
vierzehn Jahre älter als Marc. Marc hatte sie
anfangs auf Mitte bis Ende zwanzig geschätzt,
was ihr natürlich schmeichelte. Sie setzte sich
diesmal etwas näher neben ihn auf das Sofa,
als sie aus dem Badezimmer zurück kam.
Marc schien das zu gefallen. Wieder lächelte
er sie verschmitzt an.

»Kannst du bitte damit aufhören, mich immer so anzugrinsen? Das macht mich extrem nervös!«

»Ich kann das nicht abstellen, tut mir leid«, erklärte er, während er auf dem Sofa hin und her zappelte.

Sophie fasste das als Kompliment auf. In irgendeiner Frauenzeitschrift hatte sie mal gelesen, dass Männer, die Interesse an einer Frau haben, nicht aufhören können sie anzulächeln. Hm. Vielleicht findet er auch einfach nur mein Verhalten amüsant? Ich meine, ich stelle mich ja auch an, wie ein Teenager, der zum ersten Mal einen männlichen Menschen trifft, auf den er steht. Sie näherte sich ihm auf Knien über das Polster, umfasste seine Wangen, die sich etwas rau auf ihren zarten Händen anfühlten. Sie blickten sich tief in die Augen. Sophie wollte in diesem Augenblick nichts sehnlicher, als endlich wieder ihre Lippen auf seinen spüren. Küss mich. Küss mich doch bitte endlich. Marcs Augen funkelten. Seine Pupillen wurden zusehends größer, je länger sie den Blickkontakt hielten. Seine Lippen hatte er leicht geöffnet. Sophie glaubte, in diesem

Moment seinen Herzschlag hören zu können. Sie spürte seine Nervosität, als sich schließlich ihre Lippen trafen. Mit geschlossenen Augen genoss sie die immer intensiver werdenden Küsse. Verdammt! Kann der gut küssen! Er schmeckte nach einer Mischung aus Nikotin und Pfefferminz. Wenige Augenblicke später zuckte Sophie kurz zusammen, denn Marc war dabei, sich vorsichtig und langsam unter ihr Shirt zu tasten. Ich liebe, was du tust. Hör niemals damit auf. Es schossen ihr unendlich viele Gedanken durch den Kopf, die sie zu diesem Zeitpunkt jedoch nicht gewagt hätte, laut auszusprechen. Sie zog ihm seine Oberteile aus und ließ sie zu Boden fallen. Und konnte es nicht erwarten, ihn in sich zu spüren. Dennoch versuchte sie, es nicht zu überstürzen, denn sie wollte nicht, dass es schon bald wieder vorbei war. Sie war ein Genießer. In allen Bereichen ihres Lebens – so auch beim Sex. Marc packte sie und legte sich vorsichtig über sie. Er zog ihre Jeans aus. Sophie war erregt. Wieder waren da die kurzen, wohltuenden Stromschläge, die durch ihren Körper zuckten – von der Haarwurzel bis in die

letzten Muskeln ihrer Fußzehen. Sie streichelte sanft seinen Rücken, seinen Brustkorb.
Seine Brustwarzen waren verhärtet. Er war erregt. Ihre flache Hand wanderte langsam tiefer in die Lendengegend, während sie mit der
anderen Hand von hinten in seine Jeans fuhr.
Ich liebe deinen Knackpo. Sophie schob ihre
Hüften leicht nach oben. Sie versuchte nun,
seine Hose zu öffnen, doch das scheiterte pein-
licherweise am Gürtel. Was war das bitte für
eine Konstruktion? Musste er wirklich diesen
doofen Gürtel anziehen heute? Sophie
schämte sich. Sie kam sich so unbeholfen vor.
Marc schien das sympathisch zu finden und
half ihr netterweise mit dem Öffnen. Wieder
dieses schelmische Lächeln, das Sophie in den
Wahnsinn trieb. Er küsste sie leidenschaftlich.
Sophie fühlte sich begehrt. Sie öffnete vorsichtig den Knopf seiner Hose. Als sie dabei war,
den Reißverschluss nach unten zu ziehen,
spürte sie seine Erektion, was sie ziemlich an-
törnte. Er war heiß auf sie, das stand fest. Marc
half ihr dabei, die Hose über seine Beine abzu-
streifen und zog seine Boxershorts aus. Nun
lag er völlig nackt auf ihr, sich mit einem Arm

auf dem Polster abstützend. Mit der anderen Hand tastete er sich langsam in ihren schwarzen Spitzenslip vor. Sophie umfasste seinen Penis. Das war der Moment völliger Hingabe. Sophie spürte das Prickeln und Pulsieren zwischen ihren Beinen. Und wie feucht sie war. Beide wollten sich mit Haut und Haaren. Ihre Blicke trafen sich immer wieder, während er ihr beim Ausziehen half. Er starrte sie an. Das unermessliche Verlangen nach ihr spiegelte sich in seinen glänzenden Augen wieder. In dem Moment, als er in sie eindrang, stöhnte Sophie laut auf. Ihm gefiel das sehr, denn es machte ihn an, wenn er sah und hörte, wie Sophie genoss, was er mit ihr tat. Sophie liebte Marcs Ausdauer. Da hatte sie in der Vergangenheit leider schon schlechte Erfahrungen sammeln müssen, was die Länge des Liebesspiels anging. Sie schienen perfekt zu harmonieren – in jeglicher Hinsicht. Sophie war an diesem Abend noch etwas verunsichert, was ihren Körper betraf. Sie hatte Probleme damit, sich jemandem völlig zu öffnen und hinzugeben, sich nackt zu zeigen. Eigentlich war sie mit ihrem Körper zufrieden. Sie mochte ihre

Brüste, denn sie hatten eine schöne Größe und Form. Eine gute Hand voll, sagte Sophie immer zu Körbchen-Größe 75d. Früher waren sie vielleicht noch etwas straffer, aber für ihr Alter war sie damit rundum zufrieden. Außerdem hatte sie aus ihren klugen Frauenzeitschriften die Information, dass Männer auf natürliche Brüste stehen. Was sie noch nie wirklich leiden konnte an sich, war ihr Hintern. Sie fand, er war zu dick. Ihre Mutter sagte immer, sie habe einen Entenarsch. Das war schon als Kind so. Sophie hätte gerne einen flacheren Hintern gehabt. Verwundert war sie immer wieder, weil alle ihre ehemaligen Liebhaber gerade diesen Teil ihres Körpers am attraktivsten fanden. Sie konnte das nie wirklich nachvollziehen. In letzter Zeit hatte sie auch etwas zugenommen, der Bauch- und Hüftspeck musste ihrer Meinung nach definitiv weg und zwar so bald wie möglich. Sie wollte unbedingt mindestens fünf Kilo abnehmen, das nahm sie sich schon die letzten Wochen immer wieder vor – jedoch fehlten leider die Zeit oder die Motivation, wenn denn mal Zeit war. Marc schien ihrem Bauch- und Hüftspeck keinerlei Beachtung zu schenken. Im Gegenteil. Das verriet sein Blick, der während des Liebesspiels immer wieder von ihrem Gesicht über ihre Brüste bis über die Beine zu den Füßen und wieder zurück schweifte. Er musterte sie förmlich von oben bis unten. Sophie war das äußerst unangenehm.

»Warum schaust du mich so an?«, fragte sie ihn verunsichert.

Doch als Antwort erhielt sie keine Worte, sondern einen leidenschaftlichen Kuss. Eine halbe Stunde später lagen sie beide in absoluter Zufriedenheit nackt nebeneinander, sie in seinem Arm, mit dem Kopf auf seiner wenig behaarten Brust. Sie roch seinen Schweiß, und ihr Blick war auf seinen erschlafften Penis gerichtet. Was nun? Wird er jetzt gehen? Sie wünschte sich, dass er die Nacht bei ihr verbringen würde. Dies traute sie sich aber nicht zu verlangen. Sie wollte ihn nicht unter Druck setzen, oder ihm das Gefühl geben, sie hätte irgendwelche Erwartungen an ihn.

Sie gingen nach draußen. Auf dem Balkon rauchten sie ein paar Malboro Lights. Er saß ihr gegenüber – in Boxershorts – auf dem mit Lammfell bedeckten Rattansessel. Sie war nackt unter ihrer dicken schwarzen Felljacke. Die Lichterkette und die leuchtenden weißen Lampions über dem kleinen Tischchen sorgten für eine romantische Stimmung.

»Wie geht es dir jetzt?«, wollte sie wissen.

»Ziemlich gut«, erwiderte er lächelnd.

Sophie hatte auch den Eindruck, dass er sich wohl fühlte und zufrieden war. Allerdings wollte sie natürlich auf seine Freundin hinaus. Vorsichtig hakte sie nach. »Und du hast kein schlechtes Gewissen?«

»Nein, warum sollte ich?«

Sophie konnte nicht fassen, was sie da hörte. Sie runzelte die Stirn. Zog an ihrer Zigarette. Was ist er für ein Mensch, der so heiter seine Freundin, die ihm vertraute, betrügen kann? Will er es mir gegenüber nicht zugeben, dass er sich schlecht fühlt? Oder ist er tatsächlich so ein egoistisches, herzloses Arschloch? In diesem Stadium ihrer Kennenlernphase war Sophie noch nicht im Stande, ihn charakterlich richtig einzuordnen. Jedoch tendierte sie dazu, zu glauben, dass das nicht spurlos an ihm vorbeiging.

Auf dem Weg vom Balkon durch die große Küche ins Wohnzimmer konnte sie seine Blicke auf ihrem Hintern spüren. Und ihre Erregung über diese Tatsache. Plötzlich wurde ihr heiß. Sie spürte wie sie feucht wurde. Sie drehte sich um, fiel ihm um den Hals und küsste ihn wild. Während sie innige Küsse austauschten, spürte Sophie seine Erektion. Er streifte ihr die Jacke ab, hob sie hoch und trug sie nach nebenan, wo sie zusammen, eng umschlungen auf das Sofa fielen. Diesmal nahm die Leidenschaft überhand und ehe sie sich's versehen konnten, war er ihn ihr. Ohne Kondom. Sie sprachen nicht darüber. Marc wusste wohl nicht, dass Sophie vor einigen Monaten wegen ihren Wassereinlagerungen die Pille abgesetzt hatte. Vielleicht hatte sie es ihm in ihrer ersten gemeinsamen Nacht erzählt, aber er vergaß es. Oder es interessierte ihn in diesem Moment nicht. Sophie selbst wusste, dass sie gerade nicht in ihrer fruchtbaren Phase war, denn sie hatte ihren Zyklus immer genau im Blick. Sie wusste, wann sie ungeschützten

Geschlechtsverkehr riskieren konnte und wann auf gar keinen Fall, obwohl sie aus Prinzip eigentlich immer auf Verhütung bestand. Heute war das in Ordnung. Dennoch wunderte sie sich über sein Verhalten. Er betrügt seine Freundin und dann auch noch ohne Verhütung? Was ist nur los mit ihm? Was sagt das über ihn aus? Ist es ihm egal, wenn er mich schwängert? Sophies Verwirrung war groß. Aus ihm würde sie nie schlau werden, dachte sie sich. Sie beschloss, sich später über diese Sache Gedanken zu machen, und genoss das weitere Liebesspiel.

6

Pop (corn) (pen)?

»Der ist ja vielleicht drauf!«, sagte Stella, als Sophie ihr von der Sache mit – oder besser gesagt ohne – dem Kondom erzählte.

»Ich finde es auch echt schräg.«

»Dass er sich da überhaupt keine Gedanken macht, dass er ein Kind in die Welt setzen könnte, wenn er ohne Verhütung mit dir schläft! Vor allem, weil er ja eine Freundin hat! Das ist ja das Krasse!«

»Also mir ist er nach wie vor ein großes Rätsel. Unbekümmertheit ist ja eine tolle Sache. Aber das grenzt ja schon an Schwachsinn!« Sie klang entsetzt.

»Aber du bist auch nicht viel besser, Sophie! Ich mein, du bist, was das angeht, auch ziemlich verantwortungslos! Schließlich bist du nicht mit ihm zusammen und – wie gesagt – er hat eine feste Beziehung mit einer anderen Frau! Dass du das riskierst!«

»Ja, du hast recht. Ich weiß auch nicht, was ich mir dabei gedacht hab! Aber da ist sicher nichts passiert.«

»Wann seht ihr euch denn nun das nächste Mal? Habt ihr was ausgemacht?«

»Nein. Wie immer nicht. Ich habe keine Ahnung, wann wir uns wiedersehen werden.«

Sophie stellte frustriert fest, dass ihr der Gedanke, nicht zu wissen, ob und wann sie ihn wiedersehen würde, einen Stich ins Herz versetzte.

»Es tut weh«, gestand Sophie.

»Meinst du nicht, es wäre besser, du würdest das beenden? Das führt doch zu nichts!«

»Dafür ist es zu spät.«

»Aber du zerstörst dich doch selbst damit! Willst du, dass du jedes Mal hoffen und bangen musst, dass ihr euch wiederseht? Willst du ständig tage- und wochenlang in der Luft hängen müssen, in der Hoffnung, dass er sich meldet, dass er sie verlässt?«

»Was bleibt mir anderes übrig? Ich hänge

emotional einfach schon viel zu tief drinnen, als dass ich das jetzt so einfach beenden könn...«, versuchte Sophie sich zu erklären, doch Stella unterbrach sie.

»Lieber ein Ende mit Schrecken, als ein Schrecken ohne Ende. Findest du nicht auch? Der tut dir doch nicht gut! Schau mal, wie du vor zwei Jahren wegen deines Ex-Freundes drin gehangen hast, und jetzt kommt er wieder an, will dich zurück, und es geht dir am Arsch vorbei! Genauso wird es mit Marc auch laufen, nur musst du dafür einen Schlussstrich ziehen! Je früher, desto besser. Irgendwann wird er wieder ankommen, da bin ich mir sicher. Und dann bist du darüber hinweg und kannst ihn zum Teufel schicken!«

Sophie ließ Stellas Worte kurz sacken. Sie hatte wieder recht.

»Dass er mir nicht gut tut, würde ich so nicht sagen. Wenn er bei mir ist, gibt es für mich nichts Schöneres auf der Welt.«

»Ja. Für ein paar Stunden vielleicht. Aber was ist am Tag danach, an den Tagen und Wochen danach, wenn er nicht bei dir ist, sondern bei ihr? Mit ihr seine Beziehung weiterführt, seinen Alltag lebt, mit ihr schläft und vermutlich nicht einmal eine Sekunde an dich denkt?«

»Ich weiß«, sagte Sophie geknickt. Sie spürte Tränen in den Augenwinkeln. Und sie wusste, dass es nur noch wenige Sekunden dauern würde, bis sie sich in ihrem eigenen Tränenbad vorfinden würde, weswegen sie das Telefonat mit Stella beendete.

In diesem Moment ploppte eine Nachricht von Marc auf dem Display auf.

»Hey. Wie geht's dir? Hast du morgen schon was vor?«

Sophie hatte Herbstferien. Karla war für ein paar Tage bei ihrem Vater. Sie hatte also noch nichts vor. Direkt schossen ihr Stellas Worte durch den Kopf. *Lieber ein Ende mit Schrecken, als ein Schrecken ohne Ende!* Verdammt! Ich will nicht, dass es vorbei ist.

»Hey. Ja, ich treffe mich mit dir!«, antwortete Sophie frech.

Marc schien das zu gefallen, was der folgende Emoji verriet.

»Worauf hast du Lust?«, fragte er höflich nach.

»Ich glaube, ich würde gerne *Joker* im Kino ansehen. Was meinst du?«

Du willst ernsthaft mit ihm ins Kino, hörte sie ihr Unterbewusstsein kritisch nachfragen. Willst du riskieren, dass euch jemand sieht? Würzburg ist ein Dorf! Und überhaupt, wolltest du es nicht beenden?

»Sei leise!«, herrschte sie ihr Unterbewusstsein an, während sie auf Marcs Antwort wartete.

»Ja, passt. Wann geht der Film los?«

»Halb neun im Cinemaxx.«

»Ich würde dich dann gegen acht abholen, okay?«

»Perfekt. Ich reserviere Karten. Hast du spezielle Wünsche, wo du sitzen willst?«

»Da bin doch recht einfach gestrickt. Du entscheidest.«

»Okay, dann bis dann.«

Sophie legte das Handy beiseite. Die Tränen, die sich noch vor wenigen Minuten auf den Weg über ihre Wangen machen wollten, blieben, wo sie waren. Sie sprang auf, führte wie immer ihren Freudentanz auf und strahlte wie ein Honigkuchenpferd über das ganze Gesicht.

Was zieh ich an? Was zieh ich an? Was zieh ich nur an? Sie hatte nur noch acht Stunden für diese Entscheidung. Und dann musste sie sich ja auch noch reiflich Gedanken über die Frisur machen. Offen lassen? Breite Locken? Glätten? Dutt? Pferdeschwanz? Half-bun? O Mann! Das könnte in Stress ausarten ... Welche Schuhe? Lässig die alten, abgetragenen Chucks oder doch lieber Highheels? ... Nein ... Highheels sind ja wohl mal sowas von over-dressed für einen Kinobesuch. Moment mal! ... Habe ich überhaupt noch Schuhe mit so hohen Absätzen? Sophie öffnete ihren großen, alten Bauernschrank, der im Flur stand. Zweitürig war er mit neun Regalen. Der war nur für Sophies Schuhe. Ihr Blick wanderte von links nach rechts, von oben nach unten. Hmm ... Wo sind meine Highheels? Sie sah viele Sneakers, meistens waren sie schwarz oder weiß, ein paar Vintage-Stiefeletten in verschiedenen Brauntönen, sandfarben und schwarz. Sandalen. Birkenstock. Ballerinas ... Die höchsten Absätze schätzte Sophie auf ungefähr zwei Zentimeter. Nun fiel ihr wieder ein, warum sie in ihrem Schrank keine Highheels fand. Vor acht Jahren hatte sie eine Beziehung mit Jona. Der war, was Kleidung und Schuhe anging, sehr speziell. Weißes Leinenkleid mit Birkenstockschlappen waren unvorstellbar für ihn. Anfangs hatte Sophie das äußerst verwirrt. Sie war nie jemand, der sich von anderen hatte reinreden lassen, was ihren Stil oder generell ihre Einstellung zu irgendwas, betraf. Aber zu ihrem damaligen Schuhbestand zählten definitiv etliche Pumps und Highheels. Sie hatte keine fünfzehn Zentimeter hohe Nuttenschuhe an, die Absätze waren meist so zwischen vier und fünf Zentimeter. Das war voll okay, fand Sophie. Durch die hochhakigen Schuhe war Sophie, die gerade mal 1,65 cm maß, auch etwas größer. Seltsam, denn Jona war gerade einmal wenige Zentimeter größer als Sophie. Wollten Männer nicht immer eine Frau, die etwas kleiner ist als sie selbst? So egomäßig? Naja, egal. Auf jeden Fall hatte Sophie am Tag der Trennung von Jona aus Wut alle Schuhe, die einen Absatz von mehr als zwei Zentimetern hatten, in einen großen schwarzen Plastiksack befördert, den sie am selben Tag noch höchstpersönlich in den Altkleidercontainer um die Ecke warf. Das war die Geschichte zu den nicht vorhandenen Highheels in Sophies Schrank. Highheels waren also raus. Sophie entschied sich für eine hellblaue Skinny-Jeans mit Löchern, ein graumeliertes, mittelmäßig ausgeschnittenes Spaghettiträger-Top und eine schwarze knielange Strickjacke. An den Füßen trug sie hellgraue Wildleder-Stiefeletten. Sie fühlte sich wohl in ihrem Outfit. Und das war das Wichtigste. Genau das Richtige für ein Kino-Date. Die Haare ließ sie offen.

»Ihr geht zusammen ins Kino?«, schrieb Stella verdutzt.

»Ja. Der absolute Oberhammer, oder?«

»So viel zum Thema Ende mit Schrecken, hm? Aber schon krass, dass er sich so in der Öffentlichkeit mit dir zeigt. Anscheinend macht er sich da überhaupt keine Sorgen, dass euch jemand sehen könnte. Gerade im Cinemaxx ist doch immer extrem viel los, vor allem jetzt in den Ferien.«

»Ja, strange. Aber ich finde es gut, dass er mich nicht verheimlicht. Zur Not kann er ja auch sagen, dass ich eine Freundin bin. Da macht er sich nicht so einen Kopf, glaub ich.«

»Aber echt cool, dass er auch so was mit dir macht. Ich kenne Affären immer nur in der Art und Weise, dass man sich heimlich bei einem von beiden zuhause trifft, fickt, und wieder abhaut. Aber er scheint ja schon auch Interesse an dir als Mensch zu haben. Das freut mich für dich.«

»Ja, ich kann das gerade auch nicht wirklich einordnen. Aber wahrscheinlich hofft er darauf, dass nach dem Kino noch was läuft. Wir werden sehen.«

Um zehn vor acht klingelte es an der Tür. Wow. Pünktlich, pünktlich. Wie cool. Sophie hasste Unpünktlichkeit und war deswegen umso erfreuter. Sie schnappte sich die schwarze Oversize-Faux-Fur-Jacke, die sie sich überzog, während sie die drei Treppen nach unten lief. Ihr Herz pochte lauter mit jeder Stufe, die sie hinter sich ließ. Und die Vorfreude wurde immer größer. Innerlich führte sie ihren Freudentanz erneut auf. Ihre Augen mussten strahlen, so glücklich fühlte sie sich in diesen Minuten. Sie bog am Ende der Marktgasse ab, wo sie ihn außen an seinem Auto lehnend erblickte. Ein schwarzer Oldtimer BMW E 9. Warum verwundert mich das nicht? Wie gut er ihm steht. Mit Autos kannte Sophie sich für eine Frau recht gut aus, und ihre Liebe für Oldtimer hat sie bereits in ihren Teenagerjahren entdeckt. Er trug eine blaue Jeanshose, mit einer karierten Jacke. Dazu lässig schwarze Sneakers. Ob ihm nicht kalt ist? Die Jacke sieht ziemlich dünn aus. Aber wie sexy er schon wieder ist ... Lass uns daheim bleiben ... Scheiß auf Kino. Ich will meine Lippen auf deine pressen, ... meine Zunge auf deiner spüren, ich will dich aus...

»Hey!«, unterbrach Marc ihre erotischen Tagträume und umarmte sie zur Begrüßung.

Hey sexy, dachte Sophie wie in Trance. Sie konnte ihre Augen nicht von ihm abwenden. »Hey!«, antwortete sie. Sie lief rot an.

Wie kann man nur so unverschämt gut aussehen? Das sollte verboten werden! Wie soll man da klar denken, wenn man es mit so jemandem zu tun hat? Das ist doch unmöglich! Marc setzte das Auto aus der Parklücke zurück, nachdem Sophie sich angeschnallt hatte. Sophie hatte das Bedürfnis, ihm den Weg zum Kino zu beschreiben. Warum das so war, konnte sie sich nicht erklären. Vermutlich lag es an der abnormalen Nervosität.

»Da vorne musst du rechts abbiegen auf den Kranenkai«, informierte sie ihn.

Marc grinste, warf ihr einen flüchtigen Blick zu, als er den Blinker rechts setzte.

»Hier geradeaus«, erklärte Sophie weiter.

»Du weißt schon, dass ich den Weg zum Cinemaxx kenne, oder?«, warf Marc ein. Wieder grinste er.

»O okay. Ja, ... ähm ... blöd von mir, sorry!«, stammelte Sophie peinlich berührt vor sich hin. O nein! Was denkt er denn nur von mir? Dass ich ein Klugscheißer bin? Ein Kontrollfreak? Besserwisser? So typisch Lehrer? Marc schien sich immer noch über die gutgemeinten Ratschläge von Sophie zu amüsieren, denn er folgte der Geradeausspur weiterhin breit grinsend. Sie befanden sich nun auf der Veitshöchheimer Straße, auf der Straße, wo Sophie Anfang des Jahres ihre unschöne Begegnung mit Mr Lover Lover hatte. Pah! Dieser Idiot! Jetzt hab ich Mr Lover Lover neben mir sitzen. Ein Grinsen zeichnete sich auf ihrem Gesicht ab. Nein! Marc war nicht annähernd wie Mr Lover Lover. Marc war kein Angeber-Typ. Keiner mit gegelten Haaren, wo nicht mal ein Haar nicht an seinem vorgesehenen Platz klebte. Er war kein Typ, der einen getunten, aufgemotzten Wagen mit mehr Bass als PS als Schwanzverlängerung nötig hatte. Seiner war groß genug. Marc war eher der lässige, von Natur aus schöne Typ, der weder Gel in den Haaren noch enganliegende Designer-Jeans oder einen frisch polierten, tiefergelegten Benz mit getönten Scheiben brauchte. Marc war eben der Oldtimer-Typ mit Stil, charmant und sexy, ohne es zu wissen. Auf solche Kerle stand Sophie. Sie passierten die Unfallstelle, bis sie das Parkhaus auf der linken Seite schon sehen konnten. Marc ordnete sich auf der linken Spur ein, zum Überqueren der großen, mehrspurigen Straße bereit, während Sophie im nächsten Augenblick seinen Oberarm ergriff.

»Stooooop!«, schrie sie hysterisch, um ihn vom Abbiegen abzuhalten. Marc erschrak. Er runzelte die Stirn, ließ sich aber nicht von ihrem Schrei beeindrucken. Auf der gegenüberliegenden Spur schienen die Autos Grün zu haben. Sophie sah den BWW E9 schon frontal in den anfahrenden Audi A3 rasen. Sie hörte schon förmlich den Krach, den der Unfall verursachen würde. Sie presste sich in die Rückenlehne des Beifahrersitzes und begann zu schwitzen. Marc bog ab. Sophie warf einen kurzen Blick auf sein Gesicht. Es sah konzentriert aus. Aber auch verwirrt. Verwirrt über Sophies Reaktion und Verhalten. Denn der Audi A 3 kam – kurz nachdem Sophie den

Warnschrei von sich gegeben hatte – an der Ampel zum Stehen. Wie peinlich! Ich will im Erdboden versinken! Was ist nur los mit mir?

»Sorry, dachte die hätten Grün! Nimm's nicht persönlich. Ich bin da ein gebranntes Kind, was die Fahrt auf dem Beifahrersitz angeht, weil mein Dad immer so unkonzentriert ist beim Autofahren«, erklärte Sophie beschämt.

Im Kino angekommen – ziemlich verspätet und abgehetzt – schickte sie Marc zum Schalter, um die Tickets abzuholen, während sie nochmal die Toilette aufsuchte. Als sie dabei war, ihre Hände zu waschen, ertappte sie in ihrem Spiegelbild ein schelmisches Grinsen. Ob er wohl gerade den bärtigen Mann in Uniform nach den vorbestellten Karten für *Potter* fragte? Sophie hatte die Angewohnheit, bei solchen Anlässen, den Namen *Potter* anzugeben. Sie war großer Harry Potter Fan. Während ihrer Studienzeit brachte sie den Nachnamen sogar an ihrem Klingelschild an. Nächste Woche hatte sie einen Termin bei ihrer Tätowiererin, um sich ihr drittes Harry Potter-Tattoo stechen zu lassen, einen Mini-Blitz – in etwa zwei Zentimeter – auf das seitliche Handgelenk.

Als sie zurück kam, hatte Marc die Tickets in der Hand. Er war immer noch sichtlich amüsiert über die Situation, in die Sophie ihn gebracht hatte. Mit ihm konnte man sowas machen. Die „Potters" verließen das Foyer, um eine Etage höher Kinosaal Nummer sechs zu finden. Marc hielt Sophie die schwere Tür des Saals auf. Sie fanden ihre Plätze in der letzten Reihe sofort. Sophie kramte ihre Brille aus der Tasche und setzte sie sich auf.

»Du hast eine Brille?«, fragte Marc etwas verwundert.

»Ja. Die setze ich aber nur beim Autofahren, im Kino oder in der Arbeit auf. Ich mag Brillen an mir nicht so.«

»Ich finde, sie steht dir gut.«

»Folgt jetzt gleich sowas wie „Lass sie doch später beim Sex auf, wir spielen, du bist die sexy Lehrerin?"«, witzelte Sophie.

Marc starrte sie an. Okay, genug jetzt. Sie entschuldigte sich bei ihm, weil sie nochmal nach unten gehen und Popcorn kaufen wollte. Als sie aufstand, stellte Marc fest, dass sie in einem besonderen Sessel saßen.

»Du hast Tickets für einen Love Chair besorgt?«, fragte er schmunzelnd.

Ist das schlimm? Denkt er, ich will hier im Kinosaal vor all den Leuten mit ihm ...? Ich trete aber auch von einem Fettnäpfchen ins nächste.

»Ja. Du hast gesagt, ich entscheide. Also Love Chair!«, entgegnete Sophie. »Because love is in the air«, hätte sie zu gerne noch ergänzt. Sie verschwand durch die Dunkelheit.

Als sie zurückkam und sich von der Saaltür zum Sitz bewegte, fand sie Marc lasziv im Sessel sitzend wieder. Er hatte die Beine leicht gespreizt. Seine Jacke hatte er ausgezogen. Durch sein enges Oberteil konnte man die Konturen seines Brustkorbes erkennen. Er wandte sich ihr zu, den Blick nicht von ihr lassend. Sophie merkte, wie ihr Herz immer lauter schlug. Schneller. Sie versuchte, den Augenkontakt zu halten, doch das ging leider nach hinten los. Sie stolperte über ihre eigene Tasche, die sie kurze Zeit vorher auf den

Boden vor ihrem Sitz gelegt hatte. Die Jumbo-Packung Popcorn kippte sie bis auf einen mickrigen Rest komplett über den Love Chair ... und über Marcs Schritt. Ein paar wenige Popcorn-Stückchen fielen zu Boden. Na, herzlichen Glückwunsch, Sophie! Nächstes Fettnäpfchen! Sie schämte sich sehr. Aber dennoch konnte sie sich ihr Lachen über sich selbst nicht verkneifen. Marc zuckte etwas zusammen, als er mit dem Popcorn bombardiert wurde. Er schien es putzig zu finden – seinem Gesichtsausdruck nach zu urteilen. Er lachte kurz mit, und war Sophie beim Einsammeln behilflich. Als sie alles Popcorn wieder vom Sitz in die XXL-Packung umgefüllt hatten, war gerade die Vorschau zu Ende. Gut so. Wenn ich nichts sage, mich nicht bewege, und überhaupt, dann kann ich auch nichts falsch machen – für die nächsten zwei Stunden zumindest. Sie ließ sich entspannt in die Rückenlehne des samtigen, roten Sitzes fallen und drehte sich noch einmal kurz zu Marc um. »Popcorn gefällig?«, sagte sie, während sie ihm den Pappbehälter unter die Nase hielt.

»Nein, danke«, antwortete Marc vergnügt. Sie stellte das doofe Popcorn auf den freien Nachbarsitz. Marc legte schüchtern seine rechte Hand auf ihre linke. Sophie durchströmten wieder diese kurzen, wohligen Stromschläge. Sie schwitzte. Und das mitten im Spätherbst. Sie wagte es nicht, ihm in die Augen zu sehen. Aber sie genoss diesen Moment in vollen Zügen. Der Film begann.

Als sie nach der Vorstellung zum Parkhaus liefen, stellte Sophie fest, dass es sich deutlich abgekühlt hatte. Sie fröstelte. Ihre beiden Arme hielt sie vor ihrem Oberkörper über der dicken Winterjacke verschränkt und schlotterte.

»Wow, ist das kalt geworden«, zitterte ihre Stimme, während sie auf die Ampel zusteuerten.

»So kalt?«, reagierte Marc und legte währenddessen seinen Arm um ihre Schulter. Er versuchte, sie durch das Reiben auf ihrem Oberarm und ihrer Schulter zu wärmen. Wie süß ist er denn? Läuft ja voll bei mir. Was wird das heute eigentlich noch? ... Soll ich ihn fragen, ob er noch mit zu mir kommt? Nein. Lieber nicht ... Es muss ja nicht immer im Bett enden. Sophie machte sich noch einige Gedanken, als sie aus der Tiefgarage fuhren.

»Willst du nochmal mit zu mir?«, prasselte es aus Sophie heraus.

O nein! Ich Idiot! Das wollte ich doch gar nicht fragen.

»Klar, gerne. Vorausgesetzt ich finde einen Parkplatz.«

Das mit der Parkplatzsuche in der Innenstadt in Würzburg war die Pest. Sophie regte sich in regelmäßigen Abständen über die Situation auf. Anwohnerparkplätze, wo sie mit ihrem Ausweis umsonst parken durfte, gab es in unmittelbarer Umgebung zu ihrer Wohnung gerade einmal um die dreißig. Für schätzungsweise tausend Anwohner in ihrer näheren Nachbarschaft. Einfach ein Witz! Aber den Politikern ist ja eine autofreie Innenstadt total wichtig. Deswegen haben sie auch am Mainfranken-Theater die ungefähr fünfzig Parkplätze durch eine Grünanlage mit zwei hübschen Bänken ersetzt. Macht total Sinn! Nicht.

Sophie hatte im Monat ungefähr fünf bis zehn Strafzettel an der Windschutzscheibe kleben. Mal waren es zehn Euro, mal fünfzehn. Oft sogar auch fünfunddreißig. So wie gestern zum Beispiel, als sie über mehrere Stunden vergessen hatte, das Parkticket zu verlängern. Zum Kotzen war das! Die Politesse riet Sophie mal, dass sie sich bei der nächsten Stadtratswahl die Politiker, die sie wählt, genauer anschauen sollte. Hm.

An diesem Abend hatten Marc und Sophie Glück. Es waren mehrere Parklücken frei. Sophie schloss die Tür auf. Sie liefen nach oben in die Wohnung. Marc machte es sich auf dem Sofa bequem, während Sophie im Badezimmer verschwand, um sich frisch zu machen. Sie tuschte ihre dichten, dunklen Wimpern nach. Sophie hatte von Natur aus außergewöhnlich lange Wimpern. Als sie den Mascara auftrug, erinnerte sie sich an eine Situation aus der Schule. Sie stand am Pult und versuchte gerade, der Klasse den Unterschied zwischen dem *Present Perfect* und dem *Simple Past* zu erklären, was jedoch daran scheiterte, dass sie ständig in ihr Auge fassen musste. Sie fühlte einen Fremdkörper darin. Es tat höllisch weh. Das Lid flatterte im Sekundentakt auf und zu. Zwischendurch versuchte Sophie, mit einem Taschentuch die Tränenflüssigkeit zu trocknen. Als sie zum Spiegel lief, sah sie, dass das rechte Auge rot unterlaufen war. Das Lid zuckte immer noch.

»Nehmen Sie die Wimpern doch einfach ab, vielleicht liegt es daran?«, riet ein Schüler der Klasse. Sophie musste darüber schmunzeln, denn es waren keine künstlichen Wimpern, die sie hätte so einfach mal abnehmen können.

Marc tippte auf seinem Handy, als Sophie sich neben ihn setzte. Wem er wohl schreibt? Seiner Freundin? Das wär ja wohl mal total abgefahren! Oder seinem besten Freund? ... Nein. Wahrscheinlich checkt er nur Instagram oder sowas, um sich die Zeit zu vertreiben ...Was soll er auch sonst groß machen in einer fremden Wohnung.

Sophie fühlte sich wie ein Teenager. Was ist das nur, dass er mich immer derart zum Schwitzen bringt und dass ich fast kein Wort raus bekomme vor Aufregung? Sie versuchte, die Stimmung etwas aufzulockern. »Magst du was trinken?«

»Ja, gerne. Ein Wasser oder sowas, danke.«

Sophie stellte zwei große Gläser mit Sprudelwasser auf dem kleinen runden Wohnzimmertisch ab. Marc nippte kurz an seinem. »Wie fandest du den Film?«

»Ich fand ihn richtig gut. Etwas langatmig, aber die Story war gut. Und Joaquin Phoenix der Hammer«, sagte Sophie.

»Ja, stimmt. War echt nicht schlecht.«

»Ich glaube, ich gehe an Halloween auch als Joker. Das Gesicht kann man gut nachschminken. Grünes Haarspray in die Haare. Die Klamotten sind nur etwas speziell.«

»Ja, da bräuchtest du eigentlich ein dunkelgrünes Hemd, einen orangefarbene Weste und einen roten Sakko, wenn du es eins zu eins nachmachen willst«, antwortete Marc.

»Gibt es sowas zufällig in deinem Kleiderschrank?«, witzelte Sophie.

»Leider nein. Oder du musst halt improvisieren. Dir wird schon was einfallen, da bin ich mir sicher.«

»Ja. Ich auch.«

»Ich fahr über Halloween mit ein paar Kumpels weg. Weiß aber noch nicht genau, wohin. Das ist so ein Überraschungsding. Erfahr ich erst im Zug.«

»O okay. Klingt abenteuerlich.« Sophie lächelte ihn an. »Finde ich...«

Marc unterbrauch sie mit einem zärtlichen Kuss auf den Mund. Seine Lippen waren noch feucht von dem Wasser, das er vor wenigen Minuten getrunken hatte. Sophie schloss die Augen, während die Küsse immer intensiver wurden. Marc zog Sophie zu sich heran, sie setzte sich auf ihn und zog ihm direkt das Oberteil aus. Sie strich mit ihrer flachen Hand über seinen Oberkörper bis runter zum Bauchnabel, von wo aus sie dann nach hinten wanderte. Marcs Hände umfassten gierig Sophies Brüste, nachdem auch er ihre Strickjacke über die Schulter abgestreift und das Top ausgezogen hatte. Sein Blick blieb auf ihren Brüsten hängen. »Ich liebe deinen Körper«, stöhnte er leise. Sophie öffnete vorsichtig den Reißverschluss seiner Hose, zog ihn nach oben, damit sie ihm diese im Stehen abstreifen konnte. Marc küsste Sophie erneut, als er nun vor ihr stand und legte sie, mit den Händen an ihrem Rücken, sanft auf die Couch. Er lag auf ihr, stützte sich mit einem Arm auf dem Sofa ab. Beide trugen ihre Unterwäsche noch. Ihre Blicke trafen sich. Das Funkeln in Marcs Augen, wenn er in ihre sah, machte Sophie immer extrem an. Ihm stand die Begierde ins Gesicht geschrieben. Auch wenn Sophie sich seiner Gefühle nicht sicher war und Marc viele Fragezeichen in ihrem Kopf hinterließ, eines war sie sich sicher. Dass er sie begehrte.

7

Irrgarten

»Hast du schon Pläne fürs Wochenende?«, wollte Sophie von Marc wissen.

»Am Samstag wollte ich mit ein paar Leuten in die Stadt, wohin genau, ist noch unklar. Und du?«

»Wir sind am Samstag auch in der Stadt unterwegs, vielleicht gehen wir in den *Irrgarten*.«

Sophie traf sich mit Marie und ein paar anderen Freunden in ihrer Stammkneipe an diesem Samstagabend. Es gab mal wieder lange Diskussionen darüber, wo sie noch hingehen sollten. Sophie wollte Marc unbedingt noch sehen. Sie wusste aber nicht, wo er hingehen würde. Ihn nochmal anzuschreiben, erlaubte ihr ihr Stolz nicht. Dies änderte sich jedoch nach dem dritten Glas Wodka-Red Bull.

»Na, wo seid ihr?«

»Gerade im *Irri* angekommen«, erwiderte er.

»Und ihr?«

»Wir sitzen gerade im Taxi dorthin«, antwortete Sophie eine Stunde später.

Die Nachricht wurde nicht mehr zugestellt. Als Marie und Sophie aus dem Taxi ausstiegen, pochte Sophies Herz bis zum Anschlag. Sie war nervös, obwohl sie sich schon etwas Mut angetrunken hatte. Nicht zuletzt, weil er mit seinen Freunden und seiner Schwester dort war. Ob die wohl von mir wissen? Wohl eher nicht. Sophie lief neben Marie die lange, breite Treppe zum Club hinunter, bemüht, nicht zu wanken, da sie schon einiges intus hatte. Der DJ spielte einen rockigen Song ab, den Sophie jedoch nicht kannte. Die Musik schien in diesem Augenblick sowieso nebensächlich zu sein. Ihre Augen suchten den Raum ab, von der Tanzfläche über den Gang vor den Toiletten bis hin zur Theke. Sie sah ihn nirgends. Vielleicht ist er doch nicht da? Die Mädels entschieden sich, sich an der Bar etwas zu trinken zu holen. Sophie bestellte sich einen weiteren Wodka-Red Bull – eines ihrer Lieblingsgetränke –, Marie trank einen Cocktail. Plötzlich fing Marie an zu grinsen und flüsterte: »Da ist er!« Sophie stand mit dem Rücken zur Bar und ein paar Meter weiter lehnte Marc an der Theke. Sie traute sich nur, sich kurz umzudrehen. Marie musterte ihn und bestätigte Sophie, wie gut er aussah. Er bemerkte die zwei allerdings nicht, und verschwand mit seiner Bierflasche im Dunkel des Clubs. Sophie wagte nicht, ihn vor seinen Freunden – und vor allem seiner Schwester – anzusprechen, weil sie Angst vor den Reaktionen hatte. Außerdem sollte er derjenige sein, der auf sie zukam! Sie wollte nicht immer den ersten Schritt machen müssen. Deswegen beschloss sie, mittlerweile deutlich angetrunken, sich auf der Tanzfläche auszutoben. Inmitten von schwarz gekleideten, düster aussehenden Gothic- und Punktypen zu *Nirvana* tanzend, schweifte ihr Blick über die Tanzenden und Feiernden, bis er schließlich seinen traf. Sophie passte mit ihrem heutigen Outfit - einem schwarzen Jeansrock, darunter eine schwarze Feinstrumpfhose und einem schwarzem Spaghettiträger-Top – zufälligerweise ganz gut zu den Jungs der Szene.

Nur wenige Meter von ihr entfernt, lehnte er sich, gekleidet in blauer Chino und schwarzem Hemd, lässig an die Wand.

Sie schenkte ihm ihr strahlendstes Lächeln, was er augenblicklich erwiderte. Wie immer – wenn er sie anlächelte – durchströmten Sophies Körper diese kurzen, wohltuenden Stromschläge. Ein Knistern lag in der Luft. Wie er da so stand, so verdammt sexy, mit diesem Schlafzimmerblick. Wie lange er wohl schon da steht und mich beim Tanzen beobachtet? Hat er mich gesucht? Ist es Zufall, dass er sich nun genau hier in meiner unmittelbaren Nähe aufhält? Ihre Gedanken lösten sich im Rauch der Nebelmaschine auf – genauso wie Marc. Sophie verabscheute den Geruch in Diskotheken, den diese Geräte verursachten. Sie begann zu husten, da sie zu viel von dem chemischen Gebräu eingeatmet hatte. Gerade von dem Hustanfall regeneriert, wartete sie darauf, dass sich der Nebel verzog. Sophie konnte nichts weiter als die Silhouetten von Marc und einer anderen Frau aus der Ferne wahrnehmen. Wer ist sie? Sie trat einen Schritt zur Seite, um besser sehen zu können und erschrak. Die Frau an Marcs Seite war Marie. Ach du…! Was ist das denn jetzt für eine Aktion? Was sagt sie wohl zu ihm? Marie vertrug keinen Alkohol. Nach zwei Cocktails war sie betrunken, und oftmals kannte sie dann keine Grenzen mehr – besonders was ihr Mundwerk anging. Sie schaute fragend zu den Beiden hinüber, sah, wie Marie grinste, während sie ihm etwas ins Ohr flüsterte. Scheint ja ziemlich unterhaltsam zu sein. Marc schien irritiert und gleichzeitig amüsiert, während er Marie zuhörte und immer wieder zu Sophie hinüber blickte. Schließlich packte Sophie all ihren Mut, trat von der vernebelten Tanzfläche hervor und steuerte auf Marc zu.

»Hey!«, begrüßte sie ihn.

»Hey!«, entgegnete er mit seinem schönsten Lächeln. Seine Augen strahlten.

»Ist ja schön, dass mir Eure Majestät auch mal Beachtung schenkt!«, schnippte Sophie ihn an. Wenn sie zu viel getrunken hatte, hatte sie manchmal eine etwas zu direkte Art.

»Ich wusste nicht, dass du da bist. Hab nicht mehr auf mein Handy geschaut.«

Ja, danke für nichts. Wozu auch? Ist ja nicht so, dass wir vor über einer Stunde noch geschrieben haben und du mich gefragt hast, was ich mache. Scheint dich ja unglaublich zu interessieren.

»Was hat Marie dir denn gerade ins Ohr geflüstert?« Sophie sah Marc erwartungsvoll an.

»Sie meinte, dass es schön ist, mich auch mal kennenzulernen, weil sie schon viel von mir gehört hätte und sie hat mich gefragt, wie ich heiße.«

O Mann! Diese Frau ist manchmal echt unmöglich! Während Sophie und Marie kurz vorher an der Bar einen Drink genommen hatten, bat Sophie sie, dass sie ihm bitte nichts von alledem erzählen sollte, was Sophie ihr anvertraut hatte, dass sie am besten so tun sollte, als ob sie überhaupt nichts weiß. Das nahm Marie wohl etwas zu genau. Dass sie nicht mal seinen Namen kannte, war dann doch etwas abstrus, wie Marc – seinem verstreuten Blick nach zu urteilen –offensichtlich auch dachte. Der DJ betätigte den Knopf der Nebelmaschine wieder etwas zu lange. Aber diesmal genau im richtigen Moment, denn so sah man Sophies peinliche Berührtheit nicht mehr, da sie sich plötzlich in einer dichten, stinkenden Nebelwolke wiederfand. Marc konnte sie für ein paar Sekunden nicht mehr sehen, was Sophie zu Gute kam. Mit dem Nebel löste sich auch Sophies Angespanntheit wieder auf. Sie gingen nach draußen. Während sie sich zu Dritt unterhielten und Malboro Lights rauchten, bildete Sophie sich ein, dass Marcs Freunde sich in unmittelbarer Nähe befinden mussten. Ist ihm die Situation nicht unangenehm? Hat er nicht Angst, dass es auffliegt, dass ich ihn verrate? Wieder spürte Sophie die Faszination von seiner Unbekümmertheit. Zugleich fragte sie sich, ob er einem seiner Freunde von ihr erzählt hatte. Während sie noch so darüber nachdachte, holte sie ein »Naaaa, Marc« aus ihrer Gedankenwelt zurück in die Realität. Anscheinend ein Freund von ihm. Er gesellte sich kurz zu ihnen, sichtlich angetrunken. Marc stellte ihn nicht vor. Auch Sophie stellte er ihm nicht vor. Es war eine äußerst ungewöhnliche, skurrile

Situation. Sophie gab ihm eine Zigarette. »Kennst du den denn?«

»Nein«, entgegnete er, offensichtlich belustigt über seine eigene Antwort und die Reaktion seines Freundes, denn in der Tat kannte er ihn. Marcs Humor. Sophie fand das alles nicht mehr so lustig. Was, wenn einer seiner Freunde oder seine Schwester Verdacht schöpfen? Schließlich sind sie auch mit seiner Freundin befreundet. Sophie hatte nicht den Hauch einer Ahnung, was sich hier gerade abspielte. Marc machte keine Anstalten, sie vor irgendwem zu verheimlichen, jedoch auch nicht, um sie jemandem vorzustellen. Dieser Mann ist ein ewiges Rätsel, wunderte sie sich. Sie setzten sich auf das hellgelbe, alte Sofa, das schon deutlich in die Jahre gekommen war, und unterhielten sich noch eine Weile. Es war nun eine angenehme Stimmung. Im Hintergrund hörte man, jedes Mal, wenn die Tür nach draußen aufging, einzelne Liedfetzen der rockigen Musik, die in dem Club lief. Sophie liebte Rockmusik. Marc auch. Das hatte er ihr mal erzählt. Klirrende Gläser, laute Schreie, Gegröle... Sophie saß mittendrin.

Und er war da. Sie fühlte sich unendlich dankbar. Was der Abend wohl bringen mag? Wird er mit mir nach Hause gehen? Wohl eher nicht, wenn er mit seinen Leuten unterwegs ist, mit denen er auch vor hat, ein Taxi nach Hause zu teilen, so wie sie es immer tun... Wieder flüsterte Marie Marc etwas ins Ohr.

Was soll das denn? Schmeißt sie sich jetzt an ihn ran, oder was? Sophie tendierte hin und wieder zur Eifersucht.

»Was hat sie denn jetzt wieder gesagt?«

Marc grinste.

»Sie meinte, ich solle mich ausziehen!«, antwortete er trocken.

»Wie bitte, was ist los?«

Sophie liebte doch seine trockene Art von Humor. Im alkoholisierten Zustand wie gerade konnte sie das jedoch nicht mehr richtig einordnen. Sie nahm es ernst, was er sagte und lief wortlos, wutentbrannt nach drinnen, wo sie sich an der Bar den fünften Drink bestellte, den sie eher nicht mehr hätte trinken sollen.

»Was war das denn gerade für eine Aktion? Was hat er denn zu dir gesagt?«

»Er meinte, du hättest ihm gesagt, dass er sich ausziehen soll.«

Marie starrte Sophie an. »Klappt's bei dir eigentlich noch? So ein Idiot. Warum erzählt der dir so eine Scheiße?«

Marie war entsetzt. »Du glaubst das doch wohl nicht ernsthaft?«

Sophie konnte wieder klarer denken. Wie konnte ich nur so dämlich sein und auf sowas reinfallen? Was denkt er jetzt bitte von mir? Der eifersüchtige Psycho macht eine Szene – *oh, she's sweet, but a psycho*. Peinlich. Einfach nur peinlich. Sophie wäre am liebsten im Erdboden versunken. Stattdessen versank sie in ihrem Wodka-Red Bull.

Marie und Sophie ließen Marc draußen stehen, steuerten Hand in Hand auf die Tanzfläche zu. 90er liefen gerade. Genau das Richtige, um sich abzureagieren und abzulenken. *Ich bin so froh, dass ich ein Mädchen bin, dass ich ein Määäädchen bin*, tönte Lucy Lectric aus den

Lautsprechern, die um die kleine, runde Tanzfläche aufgebaut waren.

»Wo ist er denn jetzt?«, wunderte sich Marie.

»Keine Ahnung, ist mir egal. Wahrscheinlich
ist er gar nicht mehr da. Es ist schon zwei
Uhr.«

Während sie weiter grölend *Ich bin so froh,
dass ich ein Mädchen bin* mitsang, schweifte ihr
Blick, der nicht mehr allzu klar war, über die
verdunkelte Tanzfläche. Die Scheinwerfer
schwankten hin und her. Es waren viele Leute
da, alle fröhlich das Tanzbein schwingend,
mal im Nebel verschwindend, dann wieder
auftauchend. Die Stimmung war grandios! Sophie hatte Spaß und war froh, dass sie mit Marie hergekommen war. Ich hätte mir gewünscht, dass er heute mit zu mir gehen
würde. Wie konnte ich das nur erwarten? Ich
weiß doch, dass er mit seiner Clique hier ist
und dass das deswegen schon völlig unmöglich ist – rational betrachtet. Warum macht es
mir dann so zu schaffen?

Der Nebel verdichtete sich um sie herum. Sie
konnte Marie nicht mehr sehen und bald

niemanden mehr. Sie schloss die Augen und ließ sich voll und ganz auf die Musik ein. Guns 'n Roses – *Sweet Child o' Mine*. Eines ihrer absoluten Lieblingslieder ertönte mit schallenden Beats im Raum. Sophie flippte komplett aus. Als sie die Augen wieder öffnete, sah sie im verblassenden Nebel Marc am Rande der Tanzfläche stehen. Er war an eine Säule angelehnt und schien auf der Suche nach jemandem zu sein. Sucht er etwa mich? Nein. Wohl eher nicht. Wahrscheinlich sucht er seine Jungs. Sophie ging auf ihn zu.

»Kommst du mit nach Hause? Marie möchte jetzt dann gehen.«

»Ich weiß nicht, ob das so eine gute Idee ist«, zweifelte er.

In diesem Moment stieß Marie dazu. Sie wollte nach Hause. Die Drei liefen Richtung Ausgang. Marie stieg die steile, schwarze Treppe des hell beleuchteten Eingangsbereiches zur Garderobe nach oben, um die Jacken zu holen. Marc und Sophie blieben unten an der ersten Stufe stehen. Das grelle Scheinwerferlicht schien nun direkt auf sie. Sophie näherte sich ihm, gab ihm einen Kuss auf den Nacken und flüsterte: »Komm mit zu mir.« Marc schaute sie an und küsste sie leidenschaftlich.

»Wenn uns jemand sieht! Hör auf! Deine Leute sind doch noch hier!«

Doch Marc war betrunken. Es schien ihm in diesem Augenblick alles egal zu sein. Nur Sophie und dieser Moment waren wichtig und das, was er wollte, sich aber nicht einzugestehen wagte. Plötzlich spürte sie seine Hand unter ihrem schwarzen Minirock. Und das erotische Prickeln. Alle konnten sie sehen im hellen Scheinwerferlicht. Auch Marie, die mit den Jacken die Treppe hinunter kam und wütend darauf bestand, jetzt endlich heimzugehen. Sophie konnte das nicht nachvollziehen. Warum wollte sie ausgerechnet jetzt so schnell nach Hause? Gönnt sie mir nicht, dass Marc und ich am Anbandeln sind? Sie weiß doch, wie sehr ich mir das erhofft habe! Genervt von Maries drängendem und Marcs zögerlichem Verhalten riss sie sich von Marc los.

»Ich gehe jetzt nach draußen, um mir ein Taxi zu holen! Wenn du mit möchtest, komm nach. Ansonsten bleib eben da!«

Als sie sich umdrehte, war Marie verschwunden. Das darf doch wohl nicht wahr sein! Drehen sie jetzt alle durch, oder was? Das sind ja tolle Freunde und Liebhaber, die ich da habe.

Enttäuscht und ziemlich frustriert lief Sophie die Treppe hoch und verschwand, ohne sich noch einmal zu Marc umzudrehen, aus der großen schwarzen Tür des Clubs. Draußen suchte sie Marie, sie rief sie an, jedoch ohne Erfolg. Sophie wollte nur noch nach Hause. Sie lief ein Stück auf die Gasse vor, die nur von vereinzelten Straßenlaternen beleuchtet war. Um die Ecke fand sie direkt ein Taxi. Sie stieg ein. Gerade als sie dabei war, dem Fahrer ihre Adresse zu sagen, ging die Tür auf. Es war Marc. Er schaute ihr tief in die Augen und fiel auf der Rückbank des Taxis über sie her.

8

Ekstase

Der Taxifahrer hielt in der Seitenstraße in der
Nähe ihrer Wohnung an. Marc bezahlte. Wie
Gentleman-like. Wow. Sie verschwanden in
der engen, kaum beleuchteten Gasse, die zu
Sophies Wohnung führte. Aus der Ferne hörte
man vereinzelt betrunkene Leute, klirrende
Flaschen, Musik aus den Kneipen, die kurz
vor dem Schließen waren. Es war mittlerweile
halb drei. Ein paar Meter vor der Haustür zog
Marc Sophie plötzlich in eine Garage, die offen stand. Er drückte sie gegen das blaue, ble-
cherne Schild, auf dem *Einfahrt freihalten* zu lesen war. Mit beiden Händen umfasste er ihre
Brüste und küsste sie leidenschaftlich. Was
wird das denn jetzt? Will er es hier tun? In einer Garage bei gefühlten minus zehn Grad? Es
war November. Und Sophie leicht bekleidet.
Was den Sex an ungewöhnlichen Orten anbe-
langte, war sie nicht abgeneigt, im Gegenteil.
Es törnte sie an, dass er die drei Minuten bis

ins Schlafzimmer anscheinend nicht mehr aushielt.

»Ich will dich!«, sagte er fast fordernd, woraufhin er ihren Rock hochschob. Sophie riss seine Leidenschaft mit. Sie öffnete seinen Gürtel, fühlte seinen steifen Penis, wie er sich nun an sie presste. Sie stöhnte vor Erregung auf. Wo warst du nur all die Jahre? Das ist der absolute Höhepunkt der Lust, die ein Mensch empfinden kann. Sie beendeten nach wenigen Minuten das prickelnde Vorspiel und torkelten zur Haustür. Während Sophie dabei war, den großen, alten Messingschlüssel in das Türschloss zu stecken, konnte Marc schon wieder seine Finger nicht von ihr lassen. Er umarmte sie von hinten und langte ihr an die Brüste. Sophie machte es an, wenn sie spürte, dass er ihren Körper begehrte und ließ es gerne über sich ergehen. Endlich war die Tür offen. Händchenhaltend rannten sie die Treppe des dunklen Treppenhauses hinauf, als könnten sie es nicht mehr erwarten, endlich ineinander zu sein. Sophie wohnte im zweiten Stock. Besser gesagt im dritten und vierten Stock, die Wohnungstür befand sich nur im zweiten. Es war eines der ältesten Gebäude der Stadt, im fünfzehnten Jahrhundert erbaut. Sophie liebte alles Alte und Antike. Das Haus sowie die Wohnung waren verwinkelt, die Decken zeichneten sich durch ihre Höhe aus. Sophie verglich das Ambiente immer gerne mit Hogwarts. Sie liebte dieses Haus. Sie hatten es nicht mehr bis in die Wohnung geschafft und fanden sich nun auf den kalten Stufen des Treppenhauses übereinander liegend wieder. Sophie verspürte leichte Schmerzen, weil Marc auf ihr lag. Die harte Steinstufe presste sich in ihren Rücken. Aber das störte sie nicht. Es war die Leidenschaft und das Begehren, die Sophie jeglichen Schmerz vergessen ließen. Möglicherweise trug der Alkohol auch seinen Teil dazu bei. Ehe sie sich's versah oder Widerworte geben konnte, spürte sie seine Finger in sich. Sie zog ihn zu sich, küsste ihn noch einmal. »Lass uns nach oben gehen«, hauchte sie ihm seufzend ins Ohr. Schließlich wohnte ihr Vermieter im selben Haus und sie wollte nicht riskieren, ihre geliebte Wohnung wegen eines solchen Techtelmechtels zu verlieren.

Sie schafften es nicht bis zum Sofa. Auf dem grauen, weichen Teppich – auf genau dem grauen, weichen Teppich, auf dem Sophie am Anfang ihrer Affäre unter ihrer weißen Bettdecke mit den kleinen schwarzen Punkten über ihr Schicksal mit ihm sinniert hatte – war er endlich in sie eingedrungen. Während er seinen Penis mal sanft, mal intensiver in ihr bewegte, küsste er zärtlich ihre Brüste. Immer wieder richtete er sich ein wenig auf, um ihr in die Augen zu schauen. Sophie stand darauf, wenn er das tat. Nachdem sie beide gekommen waren, lagen sie erschöpft nebeneinander, eng um umschlungen auf dem Boden vor ihrem Sofa. Sophie streichelte seinen nackten Körper. Er küsste sie auf die Stirn. Ein Stirnkuss? Oha. Sophie hatte schon des Öfteren gelesen, dass Stirnküsse von Männern eine tiefe Bedeutung haben sollten, etwas sein sollten, das ausdrückt, wie wichtig die Frau für den Mann ist, die einen Stirnkuss erhält. Sie fühlte sich wie im siebten Himmel. Und sie wusste, dass sie noch viel mehr davon bekommen würde in dieser verheißungsvollen Nacht.

Sophie war aufgeheizt von der Stimmung und generell neigte sie eher zum Schwitzen, wenn Marc in der Nähe war. Sie hatte wieder nur ihre dicke, schwarze Felljacke über ihren nackten Körper gestreift, als sie auf dem Weg durch die Küche auf den Balkon waren. Ihre langen Haare hingen lässig darüber. Marc trug dunkelblaue Boxershorts. Vor der Balkontür blieb sie kurz stehen. Sie stand mit dem Rücken zu ihm, als sie den Griff anfasste, um die Tür zu öffnen. Die Jacke, die sie trug, endete kurz über ihrem Po. Marc drückte Sophie gegen die Balkontür, schob ihre Jacke nach oben und fasste mit der einen Hand ihren Hintern an, mit der anderen ihre Brüste. Er strich ihre Haare zur Seite und küsste sie auf den Nacken. Sophie drehte sich nicht um, sondern umfasste seinen steifen Penis und half ihm dabei, ihn in sich einzuführen. Diesmal war es heftig. Es war wild. Es war fast animalisch. In den gegenüberliegenden Wohnungen brannte Licht. Luftlinie drei Meter. Sophie presste ihre Handinnenflächen an die kalte Glasscheibe. Auch ihre Lippen. Der Gedanke, es könnte sie jemand aus dem Haus gegenüber sehen, törnte sie an. Das Problem war, dass er in dieser Position immer wieder raus flutschte, denn Marc war über dreißig Zentimeter größer als Sophie. Marc musste ziemlich in die Hocke gehen, damit sie das Liebesspiel erfolgreich beenden konnten. Sophie stöhnte auf, als er ihn immer schneller in ihr bewegte. Es fühlte sich unglaublich an. Marc kam. Sophie nicht.

»Was soll ich tun, damit du kommst?«, fragte Marc, nachdem sie sich auf das Sofa gelegt hatten.

»Ich muss nicht jedes Mal kommen, das ist völlig okay so wie es ist!«

Marc blinzelte. »Aber ich will, dass du kommst.«

Sophie lächelte ihn an. »Du bist süß. Sehr aufmerksam. Aber bei mir ist das so eine Sache mit dem Kommen… Das geht nur in ganz bestimmten Stellungen, keine Ahnung, warum. War schon immer so.«

»Dann sag mir, wie.«

Sophie umfasste seinen Hinterkopf und schob in leicht nach unten. Marc grinste. Und begann, mit seiner Zunge ihre Innenschenkel zu küssen...

»Das war der verdammte Oberhammer!«

Marc legte sich neben sie und seinen Arm um ihren Bauch. Er räusperte sich kurz, runzelte die Stirn.

»Schläfst du eigentlich mit Matthäus?«, fragte er.

Wow. Das nenne ich Direktheit. Aber ... ich mit Matthäus schlafen? Haha. Sehr witzig! Das meint er doch jetzt nicht wirklich ernst? Matthäus war Sophies bester Freund. Ein herzensguter Mensch, den sie sehr schätzte. Er hatte stets ein offenes Ohr für Sophies Liebeskummer mit Marc, auch wenn er immer wieder versuchte, ihr die Sache auszureden. Matthäus war der Meinung, dass es ohne Perspektive wäre, da Marc sich seiner Ansicht nach nie von Karlotta trennen würde, um eine Beziehung mit Sophie einzugehen. Das tat jedes Mal auf's Neue verdammt weh, wenn sie ihn das hören sagte. Auch wenn sie tief in ihrem Innern wusste, dass es genauso war, wie Matthäus sagte. Aber Sex mit Matthäus? Das ist ja absurd. So lieb er auch war, optisch entsprach er definitiv nicht Sophies Beuteschema. Er war groß, hatte dunkelblonde kurze Haare. Seine Figur war ok. Einen Bierbauch hatte er, weil er gerne viel – meistens viel zu viel – Bier trank. Matthäus schaffte es immer wieder, Sophie zum Lachen zu bringen. Sie erinnerte sich an eine wilde Partynacht und lachte laut auf.

»Alles klar bei dir?« Marc sah sichtlich verwirrt aus.

»Ich musste nur gerade an was denken.«

»Sagst du mir auch, woran?«

»Matthäus hat vor zwei Wochen im Suff eines ... eines seiner Brillengläser ver ... verloren auf dem Heimweg ...«, stammelte Sophie – immer noch lachend – vor sich hin.

Marc zog seine Augenbrauen nach oben. »Wie bitte? Wie kann man denn ein Brillenglas verlieren und das nicht mal merken?« Er lachte.

»Ich hab keine Ahnung! Matthäus ist einfach so.«

Marc zog Sophie näher an sich heran. »Und bekomme ich noch eine Antwort auf meine Frage?«

Sophie sammelte sich wieder. »Natürlich schlafe ich nicht mit ihm! Und überhaupt, was denkst du über mich? Du bist der einzige Mann, mit dem ich seit letztem Sommer Sex habe!«

Marc schien die Antwort zu gefallen. Er lächelte zufrieden. Seltsam. Wirklich seltsam. Völlig aus dem Nichts. Beschäftigt ihn diese Frage schon länger? Marc war ein introvertierter Typ, der selten über Gefühle sprach. Solch eine Frage aus seinem Mund war schon etwas Besonderes.

»War nur so ein Gedanke«, hörte sie ihn noch sagen, als sie in ihre Gedankenwelt abdriftete.

Offensichtlich hat er ja doch Interesse an mir, wenn er in Erfahrung bringen will, ob ich mit meinem besten Freund schlafe. Würde es ihm nur um das Eine gehen, wäre es für ihn unwichtig, mit wem ich wann und wie oft schlafe. Sonst interessierte ihn das anscheinend ja auch nicht. Zumindest hatte er noch nie zuvor so etwas wissen wollen. Sophie gab seine Frage ein gutes Gefühl. Sie fühlte sich ihm in diesem Moment besonders nah.

»Schläfst du denn noch mit deiner Freundin?«

»Ja, schon.«

Uff, okay. Was wollte ich hören? Was hatte ich erwartet, als Antwort zu bekommen? Ein Nein? Wie naiv bin ich eigentlich? Sophie fühlte sich, als ob ihr jemand einen Schlag in die Magengrube verpasst hätte. Die Vorstellung, dass er mit ihr schläft, war unerträglich. Sie fühlte sich betrogen, hintergangen, obwohl ihr im selben Augenblick schmerzlich bewusst war, dass sie nicht das Recht dazu hatte, sich so zu fühlen. Schließlich spielte Marc von Anfang an mit offenen Karten. Sophie war diejenige, die sich vor einigen Monaten dazu entschied, sich auf die Affäre einzulassen.

»Okay«, antwortete sie.

Etwas Besseres fiel ihr nicht ein. Sophie nutzte die Thematik, um weiter nachzuhaken, wie es um sein Gewissen bestellt war.

»Und du hast kein schlechtes Gewissen?«

»Nein. Warum sollte ich?«

»Naja, du betrügst deine Freundin mit mir – und das seit Monaten. Da ist so eine Frage ja nichts Ungewöhnliches.«

»Ich kann dir nicht sagen, warum das so ist, aber ich hab tatsächlich kein schlechtes Gewissen.«

Das war etwas, das Sophie noch nie verstanden hatte. Spielt er mir etwas vor? Ist er wirklich so herzlos?

»Was ist das mit ihr für dich? Ich meine, sie war deine erste Freundin, du bist zehn Jahre mit ihr zusammen, hattest nie andere Beziehungen oder mit anderen Frauen Sex. Vermisst du das nicht? Hast du nicht das Verlangen, mal ausbrechen zu müssen, frei zu sein?«

»Das kann ich doch alles trotz Beziehung haben«, entgegnete er, Sophie prüfend anschauend.

»Ah, okay.« Sophie schluckte. Und schüttelte irritiert den Kopf, als wolle sie ihre Gedanken sortieren. Marc blickte sie weiterhin an.

»Wirst du sie heiraten und Kinder mit ihr haben wollen?«, hakte Sophie nach.

Marc grinste, anscheinend amüsiert über diese Frage. Er zuckte unbekümmert die Schultern. Sophies Blick fiel auf ihre nackten Füße, die sie abwechselnd übereinander rieb. Der rote Nagellack sah hübsch aus.

»Darüber habe ich mir ehrlich gesagt noch überhaupt keine Gedanken gemacht.«

Sophie fielen keine Fragen mehr ein. Er hinterließ mal wieder – wie so oft – tausende Fragezeichen in ihrem Kopf. Gedankenverloren, in seinen Armen verloren, schliefen sie beide ein.

9

Geh nicht!

Der nächste Morgen begann genauso leidenschaftlich wie der Abend geendet hatte. Sophie wurde als erste wach. Sie spürte, wie er
sich an sie schmiegte, sie umarmte und seine
Hand immer noch – wie kurz vor dem Einschlafen – ihre hielt. Ein wohliges Gefühl von
Geborgenheit und Sicherheit verlieh diesem
Sonntagmorgen einen bittersüßen Beigeschmack. Sie wünschte sich, dass er noch nicht
gleich aufwachte, weil sie nicht wollte, dass es
schon wieder vorbei war – für die nächsten
zwei oder drei Wochen. Nach ihren Treffen
stimmte sie die Situation immer traurig. Sie
wartete schon darauf, von ihm zu hören, dass
er dann mal gehen würde. Aber diesmal kam
alles anders. Die Worte blieben aus. Stattdessen wachte er in den nächsten Minuten auf
und zog sie ganz nah an sich heran. Er umarmte sie fest und küsste ihren Hinterkopf. Sie
schloss die Augen und genoss die Magie des

Augenblicks. Was ist heute Nacht passiert? Irgendetwas ist anders. Er ist anders.

Draußen prasselte der starke Regen gegen die Fensterscheiben des Schlafzimmers. Sophie fühlte die Wärme unter der Bettdecke, die von ihren nackt aneinanderschmiegenden Körpern ausgelöst wurde. Aber nicht nur daher kam die Wärme. Sie kam auch von ihm. Seine kühle Unnahbarkeit war verschwunden. Er war präsent, er war aufgeschlossen ihr gegenüber, er zeigte Gefühl, auch wenn er es nicht auszusprechen wagte. In dieser Nacht war etwas passiert mit ihm. Marc machte keinerlei Anstalten, gehen zu wollen. Sophie konnte ihr Glück nicht fassen.

»Magst du frühstücken?«

Marc drehte Sophie sanft zu sich um und schenkte ihr sein süßestes Lächeln.

»Ja, dich", antwortete er verlegen.

Aus dem Flur ertönte ein Maunzen. Der Kater hatte Hunger. Es war schon fast zehn.

»Bleib hier«, nuschelte Marc, als er merkte, wie Sophie sich räkelte, um sich zum

Aufstehen aufzurichten. Wow! Was für ein Gefühl! Wolke 7 ... Wie er mich an sich zieht ... Was ist los mit ihm? ... Das zunehmend lauter und penetranter werdende Katzengejammer riss Sophie aus ihren Gedanken.

»Ich muss kurz die Katze füttern. Bin gleich wieder da.«

Sie verbrachten noch einige Stunden – mal schlafend, mal sich unterhaltend, mal nebeneinander, mal ineinander – im Bett. Die Katze kam angeflitzt und schlich sich wieder davon, kam und ging. Sophie hätte mit Marc den ganzen Tag im Bett verbringen können. Tagelang. Wochenlang. Das war etwas Besonderes, denn für Sophie gab es nicht viele Menschen, mit denen sie so gerne Zeit verbrachte wie mit ihm. Oft war es sogar so, dass Sophie schnell richtig angeödet war von Treffen. Nicht von Treffen mit ihren besten Freunden, aber mit Bekannten, oder auch mit Dates. Sie fand sich dann häufig in Situationen wieder, wo sie am liebsten direkt nach dem Essen – wenn sie denn zum Essen verabredet war – oder nach dem ersten Bier oder Wein oder was auch immer, wieder abgehauen wäre, weil sie die

Typen einfach nur langweilten. Bei Marc war das nicht so. Da verging die Zeit wie im Flug, so schön war sie. Aus Stunden wurden gefühlt Minuten, aus Minuten Sekunden.

»Ich bringe Karla in ungefähr einer Stunde, okay?«, teilte Christoph Sophie mit.

Sophie freute sich immer tierisch, wenn Karla nach ein paar Tagen bei ihrem Vater wieder nach Hause kam. Sie konnte ihre Abwesenheit kaum länger als drei Tage aushalten. Wenn es nach Christoph gegangen wäre, hätte er sie am liebsten mal zwei oder sogar drei Wochen am Stück bei sich gehabt. Für Sophie keine Option. Deswegen einigten sie sich vor Langem schon darauf, dass er sie öfters sehen kann, aber dann immer nur ein paar Tage.

»Karla kommt bald. Ich muss dich leider rauswerfen«, sagte Sophie trotz der Vorfreude auf ihre Tochter etwas wehmütig.

»O okay, ja, kein Problem. Ich schau mal, wann ein Bus fährt.«

Sophies Blick fiel auf die Katze, die gerade wieder auf dem Weg von der Tür ins Bett war, während Marc googelte.

»Ich kann dich auch heimfahren, wenn wir in den nächsten zehn Minuten losfahren«, schlug Sophie vor. Sie betrachtete die Katze, die sich auf Marcs Oberkörper legte. Sie schnurrte. Sophie hätte ein Nein erwartet, schließlich wohnte Marc in einem dreihundert-Seelen-Dorf, wo jeder jeden kannte. Wenn da ein schwarzes Mini Cooper Cabriolet in die Hofeinfahrt einbiegen würde, würde die Gerüchteküche sicher unmittelbar zu brodeln beginnen. Das war bestimmt nicht in Marcs Sinn.

»Okay, cool!«, sagte Marc und begann, seine Kleidungsstücke neben und unter dem Bett zusammenzusuchen. Als er in Boxershorts vor ihr stand, konnte Sophie nicht umhin, als sich ihm um den Hals zu schmeißen. Sie küsste ihn zärtlich. Beide fielen zurück ins Bett. Sophie spürte seine Erektion an ihrem Oberschenkel. Im nächsten Moment ertappte sie sich dabei, wie sie seinen Penis umfasste und mit leichten Bewegungen massierte.

»Meintest du nicht, wir sollten in den nächsten zehn Minuten los?«, fragte Marc verwundert.

»Ja, dann haben wir noch fünf Minuten«, entgegnete Sophie frech.

Er grinste. Im nächsten Moment spürte Sophie ihn in sich. Für einen Stellungswechsel war keine Zeit, weswegen es diesmal bei der Missionarsstellung blieb. Nach ungefähr viereinhalb Minuten lagen sie erschöpft, aber zufrieden nebeneinander.

»Also los!«, forderte Sophie ihn auf, sich fertig zu machen.

Sie hasteten zum Auto, das zweihundert Meter von der Wohnung entfernt im Anwohnerparkbereich stand. Marc lehnte seinen Kopf nachdenklich an die Fensterscheibe, während Sophies Blick auf die Straße gerichtet war.

»Weißt du noch, dass du mich heute Nacht gefragt hast, ob ich mit Matthäus schlafe?«, wollte sie wissen.

»Ähm, nein. Nicht wirklich.« Marc runzelte die Stirn.

»O okay. So betrunken gewesen?«

»Naja, war schon echt viel Alkohol. An alles kann ich mich tatsächlich nicht mehr erinnern.«

Sophie schaltete die Sitzheizung an. Es war klirrend kalt. Die Straßen waren noch feucht vom Regen. Nebel lag über dem Fluss, der seitlich neben ihnen her floss. Sie hasste den Winter. Jetzt ist der Sommer vorbei, der Winter angekommen. Die nächsten drei bis vier Monate würden wieder ein einziger Alptraum werden. Ich muss auf jeden Fall im Winter irgendwohin fliegen, wo es warm ist. Malediven. Oder Thailand. Vielleicht auch Kambodscha. Das Wetter zieht mich runter.

»Und?«, sagte Marc wie aus dem Nichts.

»Und was?«, hakte Sophie nach.

»Schläfst du mit ihm?«, wollte er wissen.

Sophie lachte. Ihr Blick war weiterhin auf die Straße gerichtet. »Wie ich bereits heute Nacht sagte, schlafe ich nicht mit ihm!«

Sie warf Marc nun einen flüchtigen Blick zu. Sein Gesicht sah freundlich und zufrieden aus.

Anscheinend war es die Antwort, die ihm gefiel.

»Okay, gut.«

Okay, gut? Warum ist das denn jetzt gut? Gut wofür? Sophie versuchte, ihre Gedanken zu sortieren.

»Du bist der einzige, mit dem ich schlafe. Auch das habe ich dir gestern mehrmals gesagt.« Was denkt er von mir? Dass er das überhaupt fragt! Als ob ich jedes Wochenende einen anderen am Start hätte! Denkt er wirklich so schlecht von mir? ... Was wäre, wenn ich mit anderen schlafen würde? Er tut es ja schließlich auch ... Zumindest mit seiner Freundin. Wenn er nicht lügt.

»Da vorne musst du die zweite rechts abbiegen«, informierte Marc Sophie, die noch nie zuvor in diesem Ort, wo er wohnte, gewesen war. Sie blinkte. Und bog in eine schmale Landstraße ein. Kein Auto und keine Menschenseele weit und breit. Ihr Blick wanderte über die grünen, großflächigen Wiesen und Felder. Wow! Ganz schön abgeschieden hier. Sophie erinnerte die Landschaft an den Ort, wo sie aufgewachsen war. Da wohnten aber knapp dreitausend Leute – dennoch fand sie immer, dass es ein Kuhkaff war. Deswegen war sie auch mit dreiundzwanzig ausgezogen. Sophie drehte die Heizung etwas niedriger. Warum schwitzte sie plötzlich?

»An der nächsten Kreuzung dann links abbiegen«, erklärte er weiter. »In dem blauen Haus da vorne wohne ich.«

Oha okay. Er zeigt mir sein Haus? Er lässt mich ihn bis vor die Haustür fahren? Hat er keine Angst, dass seine Eltern oder seine Schwester ihn mit mir sehen? Oder noch schlimmer ... Karlottas Eltern? Er hatte Sophie erzählt, dass Karlottas Elternhaus nur wenige Meter von seinem entfernt lag. Ganz schön mutig. Oder gleichgültig?

Wieder sah Sophie viele Fragezeichen über ihrem Kopf schweben. Sie stellte am Gehsteig vor der Hofeinfahrt den Motor ab. Marc schnallte sich ab, wandte sich Sophie zu.

»Danke für's Bringen.« Sein Blick hing an ihren Lippen. Seine Augen leuchteten. Er sah glücklich aus.

»Gerne. Ist doch kein Problem«, sagte Sophie. Küss mich. Küss mich. Bitte küss mich doch.

Sie blieben noch ein paar Minuten im Auto sitzen. Es war seltsam. Im Radio liefen die Kings of Leon mit *Use somebody*. Sophie mochte die Band. Ihr Herz pochte schneller und schneller. Sie spürte die Feuchte ihrer Handinnenflächen auf dem Lenkrad.

»Okay, dann mach's mal ...«, begann Sophie.

Marcs Kuss brachte sie zum Schweigen.

»Na, bist du wieder gut zuhause angekommen?«, erkundigte er sich bei Sophie kurze Zeit später.

Sophies Herz hüpfte. Zum ersten Mal war er es, der nach dem Treffen nach ihrem Wohlergehen fragte. Wow!

»Hey. Ja, alles gut. Und bei dir?«

»Ja, auch alles gut. Ich werde mich jetzt nochmal auf's Ohr hauen. Schlaf nachholen!«

Sophies Tag verlief wundervoll. Sie hatte zwar Kopfschmerzen von der letzten, langen Partynacht. Aber Marc sorgte für die vielen inneren Freudentänze. Sie putzte die Wohnung. Sie hörte ihr Lieblingssongs. Sie tanzte mit dem Besen.

»Wann sehen wir uns wieder?«, fragte Sophie an diesem Abend vor dem Schlafengehen. Sie war auf Wolke 7.

»Ich denke, wir sollten uns nicht mehr sehen.«

Bitte was? Sophies Gesicht spannte sich an. Ihrem Herz versetzte die Nachricht einen Stich. Sie war nicht im Stande, darauf zu antworten. Es verschlug ihr die Sprache.

»Mir geht es diesmal einfach richtig schlecht. Ich habe ein extrem schlechtes Gewissen. Und deswegen sollten wir es hier beenden!«

10

Funkstille

Woche eins.

Woche zwei.

Woche drei.

11

Hä?!

»Kommst du heute Abend mit ein paar Bierchen trinken?«, fragte Matthäus.

»Hm … Weiß nicht so recht. Hab eigentlich
nicht so große Lust.«

»Ach, komm! Du verkriechst dich seit Wochen zuhause. Meinst du nicht, es wäre an der
Zeit, mal wieder unter Menschen zu gehen?
Ein bisschen Ablenkung würde dir nicht scha-
den. Und Karla ist doch über's Wochenende
bei ihrem Dad, oder?«

»Meinetwegen. Aber lange werde ich nicht
bleiben.«

»Super. Ich hol dich um halb zehn ab, okay?«

»Ja, passt. Bis dann.«

»Bis dann!«

Sophie machte nicht lange rum. Sie zog sich
ihre ausgewaschene hellblaue Lieblingsjeans

an und steckte ein schwarzes Top rein. Als Matthäus um halb zehn klingelte, warf sie sich ihre schwarze Teddyfall-Jacke über und lief nach unten.

»Hey. Na wie geht's?«

»Hey. Ja, passt soweit. Bei dir so?«

»Ja, wie immer super. Weißt du doch. Hab auch schon einige Bierchen intus.« Matthäus' Blick fiel auf seine fast leere Bierflasche, die er in der Hand hielt. Er hatte immer seinen „Wegeproviant" dabei, wenn er am Wochenende in der Stadt unterwegs war.

»Wie immer also«, sagte Sophie schmunzelnd. »Wer kommt noch?«

»Keine Ahnung. Hab ein paar Leute angeschrieben, aber noch keine festen Zusagen. Mal schauen.«

»Hm … Okay.«

»Und, hat er sich mal gemeldet?«, fragte Matthäus vorsichtig nach.

»Ja vorhin.«

»Ah. Okay.«

»Ja, aber ging von mir aus. Ich hab ihn gefragt, was er heute so macht.«

»Und?«

»Er ist wohl bei einem Kumpel Bierpong spielen.«

»Meinst du, er kommt heute mal bei Danny's vorbei?«

»Glaube ich nicht. Das ist dann wohl doch zu riskant. Da kennen uns zu viele.«

Matthäus sagte nichts weiter. Aber er schien gut zu finden, dass Marc nicht auftauchen würde und er Sophie für sich alleine hatte an diesem Abend.

Die Stimmung war angeheizt, die Luft in dem kleinen Raum stickig. Sophie zog ihre Jacke aus und setzte sich neben Matthäus auf einen Barhocker. Matthäus hatte die Angewohnheit, seine Jacke in Bars und Clubs anzulassen. Warum, konnte Sophie nie wirklich nachvollziehen.

»Was magst du trinken?«, fragte er höflich.

»Wie immer, danke«, sagte Sophie.

Sophie checkte ihre Nachrichten auf dem Smartphone, während Matthäus an der Theke auf die Getränke wartete. Sie spürte, wie er immer wieder zu ihr hinüber blickte.

»Was machst du heute noch?«, schrieb Marc.

Mit solch einer Frage hätte Sophie heute nicht mehr gerechnet. Sie grinste. Ihr Herz hüpfte.

»Bin bei Danny's. Mit Matthäus. Magst du vorbeikommen?«

»Hm. Weiß nicht. Bin jetzt gerade auf dem Heimweg, aber habe eigentlich noch keine Lust nach Hause zu gehen.«

»Kannst es dir ja überlegen. Ich bin noch eine Weile hier.«

Matthäus verschüttete fast die Drinks, als er sie auf dem Tisch abstellte. Sophies Grinsen schien ihn zu verunsichern. »Warum grinst du denn so?« Wenn er nervös war, richtete er immer seine Brille, indem er sie mit dem Zeigefinger langsam nach oben schob.

»Nur so.« Sophie wollte ihm nicht von Marc erzählen.

Sie blickte zum wiederholten Male auf die Uhr. Es war kurz vor zehn. Der Raum wurde zusehends voller. Aus den Boxen, die an der Decke hingen, dröhnte Rockiges. Einige tanzten schon auf den Tischen, sichtlich betrunken. Ein paar Meter weiter knutschte ein verliebtes Pärchen. Ein kalter Schwall, der von der sich öffnenden Tür nach innen getragen wurde, ließ Sophies Blick auf den Eingang fallen. Sie saß da wie versteinert. Sie konnte ihren Blick nicht abwenden. Marc war da. Seine Augen wanderten durch die Menschenmenge, von rechts über die Mitte nach links, wo Sophie am Bartisch saß. Er lächelte, als er sie erblickte.

»Wow. Das ging ja schnell.«

»Ja, war grad auf dem Weg.«

»Schön, dass du da bist.«

Marc wirkte nervös.

»Hallo«, begrüßte ihn Matthäus anstandshalber.

»Hey. Du bist Matthäus, oder?«

»Ja, genau. Und du Marc, nehme ich an?«

»Ja, genau, der bin ich.«

»Hab ja schon viel von dir gehört«, fügte Matthäus hinzu. Er versuchte, sich seinen Unmut nicht anmerken zu lassen.

»Ich hoffe, nur Gutes«, entgegnete Marc mit einem Augenzwinkern.

»Klar. Was denkst du denn?«, sagte Matthäus während er Sophie einen flüchtigen Blick zuwarf.

»Ich geh kurz mal vor zu einem Kumpel, okay?«, entschuldigte sich Matthäus bei den beiden und verschwand durch die Menschenmenge zum anderen Ende der Theke.

Marc rutschte etwas näher. Er roch nach Jean Paul Gaultier *Le Male* – Sophies Lieblingsparfüm. Hatte ich ihm mal davon erzählt? Das trägt er heute zum ersten Mal.

Marc bestellte sich ein Bier.

»Meine Freunde sind etwas speziell, musst du wissen. Aber sie sind toll!«, erklärte Sophie.

»So wie du.«

Er macht mir Komplimente. Er kommt extra hier vorbei. Er scheut nicht davor zurück, meine Freunde kennenzulernen. Und er hat keine Angst, dass uns jemand zusammen sehen könnte – wo doch diese nervige Person von Annabella, Karlottas Freundin, auch öfters hier ist.

»Warum hast du dich denn die letzten Wochen nicht mal gemeldet?«, traute sich Sophie zu fragen. Sie blickte ihm in die Augen. Doch seine Lippen blieben stumm. Er überlegte.

»Das ist alles nicht so einfach für mich, musst du verstehen. Ich mag dich wirklich. Aber ich habe halt einfach eine Freundin. Und ich will nicht, dass du dir falsche Hoffnungen machst. Deshalb dachte ich, tut uns der Abstand gut.«

Uff. Okay. Und warum bist du dann jetzt wieder hier?

»Verstehe.«

Sophie wollte den Moment nicht kaputt machen. Sie wollte genießen, dass er ihretwegen gekommen war. Um nichts in der Welt wollte sie die Stimmung ruinieren, indem sie ihn jetzt in irgendwelche Diskussionen verwickelte.

Männer hassen Diskussionen. Das schreibt zumindest Sophies Frauenmagazin.

»Al..., al... also, was ich sagen wollte ... ähm... ist...« Matthäus senkte den Blick, er schaute in sein Glas. »Wenn du ihr weh tust, dann kriegst du es mi... mit mir zu tun!«, lallte Matthäus, der drei Schnäpse und einen Asbach-Cola später wieder bei Sophie und Marc am Tisch auftauchte.

Ach du...! Was ist das denn jetzt? Sophie starrte Matthäus an. Dann wanderte ihr Blick zu Marc, der grinste.

»Ich habe nicht vor, ihr weh zu tun. Alles gut.« Marcs Blick wanderte fragend zu Sophie.

»Ich geh dann mal wieder«. Mit diesen Worten verschwand Matthäus in der dunklen Ecke neben der Tür.

Seltsam.

»Ja, genau das meinte ich, als ich sagte, meine Freunde sind speziell.«

»Ich finde, deine Freunde passen gut zu dir.«

Meine Freunde passen gut zu mir? Ist das ein Kompliment? Hm …

Sophie nippte an ihrem Wodka-Red Bull, als sie von Weitem sah, wie Matthäus sich von seinem Kumpel, mit dem er vorhin noch die Schnäpse getrunken hatte, verabschiedete.

Geht er heim?

Sophie runzelte die Stirn und winkte ihm zu. Er sah sie. Doch er reagierte nicht.

Was ist denn jetzt los?

In diesem Moment schmiss Matthäus die Tür der Kneipe hinter sich zu und verschwand wortlos.

»Warum bist du gestern einfach ohne Verabschiedung abgehauen?«, wollte Sophie am nächsten Morgen wissen. Sie räkelte sich in ihrem Bett hin und her.

Im Chatverlauf sah sie, wie Matthäus tippte, das Schreiben unterbrach, kurz später wieder tippte. Nun war er offline. Zuletzt online vor zwei Minuten. Wieder tippte er, um im nächsten Augenblick offline zu gehen.

Was zur Hölle?

»Du hast mich überhaupt nicht mehr beach-
tet, als Marc dann da war. Und du hast dich
auch nicht verabschiedet!«

Wie bitte?

»Wie bitte? Also erstens bist du derjenige gewesen, der sich von uns abgeseilt hat, um mit
deinem Kumpel Schnäpse zu trinken. Und
zweitens wusste ich ja nicht einmal, dass du
heimgehst. Wie hätte ich mich also verabschie-
den sollen?«

»Ja, egal. Auf jeden Fall brauchst du den
nicht mehr bei Danny's anzuschleppen, das
sag ich dir!«

Wie bitte? Klappt's noch?

»Wie bitte? Das hast ja wohl nicht du zu entscheiden, wen ich wohin mitnehme!«

»Naja. Wenn du mit mir verabredet bist, auf
jeden Fall nicht. Wäre schön gewesen, wenn
du mir vorher gesagt hättest, dass er auch
kommt.«

»Ich wusste das doch bis kurz vorher selbst nicht! Das hab ich dir auf dem Weg zu Danny's genauso auch gesagt. Wo ist jetzt das Problem?«

»Das Problem ist, dass wir verabredet waren. Und ich wollte einfach mal wieder was mit dir alleine machen. Kaum taucht er auf, hast du nur noch Augen für ihn! Da hatte ich dann einfach keinen Bock mehr.«

»Also hör mal, das ist echt unfair, was du mir da vorwirfst! Wie gesagt, du bist vom Tisch weg und nach Hause gegangen, als er kam. Keiner hat das von dir verlangt. Es war deine freie Entscheidung. Also mach mir jetzt nicht so eine Szene!«

»Am liebsten hätte ich ihm mal die Meinung gegeigt!«

»Das lässt du generell mal schön bleiben, weil es dich nämlich nichts angeht!«

Ihm die Meinung gegeigt? Ha! Ist ja witzig. A la „Das ist ja allerhand, dass du mit meiner besten Freundin schläfst!", oder wie genau sollte das aussehen? Sophie lachte bei dem

Gedanken. Unglaublich! Sie schüttelte stirnrunzelnd den Kopf.

»Ach, okay. Jetzt geht es mich auf einmal nichts an? Aber die letzten Wochen, als ich mir immer wieder Zeit genommen habe, um dir zuzuhören, wenn du wegen ihm Liebeskummer hattest, ging es mich was an?«

»Das ist wohl was anderes! Aber lass gut sein, Matthäus. Es ist angekommen.«

Matthäus schmollte. Warum, konnte Sophie nicht wirklich nachvollziehen. Sie legte das Handy auf den Nachttisch. Nun war auch Marc aufgewacht. Er zog sie an sich und bohrte sein Gesicht in ihren Nacken. »Hey«, murmelte er müde. »Alles klar?«

»Egal«, sagte Sophie.

12

Wo ist Fred? Und wer ist Marc?

Zerknüllte Taschentücher, bestimmt fast zwanzig. Nasentropfen. Aspirin. Und so homöopathisches Zeugs. Sophie lag unter ihrer dicken Bettdecke mit den kleinen schwarzen Punkten, die sie sich bis über die Nase gezogen hatte. Sie schniefte, während sie sich die Wärmflasche, die schon fast wieder kalt war, zwischen die Oberschenkel schob. Eine fiese Erkältung hatte sie niedergestreckt. Doktor Bartel hatte sie für die komplette Woche krankgeschrieben. Das bedeutete Zeit. Sehr viel Zeit. Sehr viel Zeit zum Grübeln. Sehr viel Zeit zum Lesen. Sehr viel Zeit zum Netflixen. Karla war bei ihrem Vater. Wenn Sophie krank war, war das fast wie bei einer Männergrippe. So taff sie sonst auch war, mit fiesen Erkältungen kam sie überhaupt nicht klar.

»Hey. Wegen Freitag müssen wir mal schauen. Ich lieg flach. Bin diese Woche krankgeschrieben, und wenn es mir nicht deutlich besser geht, müssten wir das Essengehen am Freitag verschieben.« Toll! Ausgerechnet jetzt muss ich krank werden!

»Oje! Dann wünsche ich dir gute Besserung. Falls es nicht klappt mit Weggehen, kann ich ja auch einfach bei dir vorbeikommen. Dann bleiben wir einfach daheim und schauen einen Film oder so.«

Sophie freute sich wie ein Schneekönig. Sie zog sich nun die Decke komplett über den Kopf und strampelte vor Glück mit beiden Beinen.

Ein Roman und fünf Folgen der aktuellen Serie auf Netflix später ging es Sophie schon etwas besser. Bäume ausreißen konnte sie aber noch nicht, weswegen sie sich entschied, nicht essen zu gehen. Marcs Angebot mit dem Filmabend klang doch sehr verlockend.

Sie schaffte es an diesem Freitagnachmittag zum ersten Mal seit fünf Tagen, eine Dusche zu nehmen. Fünf Tage ohne Dusche! Sie fühlte sich, als hätte sie die letzten vier Tage bei Rock am Ring im Zelt auf der Nordschleife verbracht. Da war eine Grundkultivierung notwendig.

Sie drehte den Griff nach ganz links, und ließ sich das heiße Wasser über ihren Kopf laufen. Herrlich! Die Beine waren noch etwas schwach. Ein Hocker wäre nicht schlecht. Wie die alten Leute in der Dusche stehen haben. Während sie ihre Haarkur einwirken ließ, schweiften ihre Gedanken ab. Was ziehe ich an? Eigentlich am liebsten die schlabbrige Jogginghose und eine weite Strickjacke. Jona hätte das abscheulich gefunden. Karl Lagerfeld auch. Sie erinnerte sich an ein Zitat. »Wer Jogginghosen trägt, hat die Kontrolle über sein Leben verloren.« Naja. Das mit den Jogginghosen ist ja so eine Sache. Wenn ihre Schüler mit den Jerseyhosen und ihren Bauchtäschchen zum Unterricht erschienen, fand das Sophie auch immer grenzwertig. Haben die keine Jeanshosen oder sowas? Aber zum Bäcker lief sie auch gerne mal so. Oder eben auch heute Abend. Sie spülte die Kur aus.

»Ist es okay für dich, wenn ich meine Jogginghose anlasse?«

»Auf gar keinen Fall«, antwortete Marc.

Mittlerweile kannte sie ihn so gut, um zu wissen, dass er das ironisch meinte. Gut. Nicht so ein Jona- oder Karl Lagerfeld-Verschnitt. Sophie freute sich.

Die Zeit, bis Marc kam, verbrachte sie dösend auf dem Sofa. Gott sei Dank war das Herpes mittlerweile abgeklungen. Es klingelte. Sophie watschelte zur Sprechanlage, um Marc die Tür zu öffnen.

»Hey!«

»Hey, wie geht's dir?«, sagte Marc, während er hinter Sophie die Treppe zur Wohnung hochlief.

»Auf jeden Fall schon deutlich besser.«

Sie setzten sich auf die Couch. Marcs Blick wanderte im Raum umher.

»Siehst auch schon viel besser aus als auf dem Bild, das du mir die Tage geschickt hast.«

»Ja, ich hoffe, ich kann am Montag wieder in die Schule.«

Sie ging in die Küche, um eine Flasche Wasser und zwei Gläser zu holen.

»Welchen Film möchtest du denn gerne anschauen?«

»Hm. Bin da nicht so wählerisch. Leg einfach einen ein.«

»Okay. Dann schauen wir meinen Lieblingsfilm. Das ist der lustigste Film der Welt. Du wirst ihn mögen.«

Sophie legte *Wo ist Fred?* in den DVD-Player ein. Für Netflix war er wohl zu alt.

»Kennst du den?«

»Ne.«

»Umso besser. Wird dir gefallen.« Sophie legte sich seitlich auf die Couch. Marc blinzelte nervös. Dann legte er sich hinter sie und seinen Arm um ihren Bauch. Der Film begann. Während der nächsten dreißig Minuten spürte Sophie immer wieder das Zucken, wenn Marc in Lachen ausbrach. Der Film war wirklich unglaublich witzig. Jürgen Vogel und Til Schweiger at their best.

»Hatschi.« Sophie richtete sich auf, um ihre Nase zu putzen.

»Gesundheit.«

Als sie ihren Kopf wieder auf dem großen Sofakissen ablegte, spürte sie Marcs durchdringenden Blick. Sie drehte sich um und schaute ihn an. Ein Lächeln zeichnete sich in seinen Mundwinkeln ab. Sophie war keine von den Frauen, die so ein niedliches Hamsterniesen hatten, dass man kaum als Niesen erkennen würde, wenn man es nicht wüsste. Ihres war eher inbrünstig laut. Nicht so putzig. Er küsste sie auf die Stirn. Sie spürte das Funkeln in ihren Augen, und sah, wie es sich in seinen wiederspiegelte. Sophie pausierte den Film mit der Fernbedienung und küsste Marc auf den Mund. Marc gefiel, was sie tat. Er öffnete seinen Mund, um seine Zunge sanft um ihre kreisen zu lassen. Sophie konnte ihre Augen nicht von seinen wenden. Sie streifte sein Shirt etwas nach oben, um mit ihrer Hand seinen Bauch zu streicheln. Von dort wanderte ihre Hand immer höher, Richtung Brustwarzen, und von hier wieder zurück zum Bauchnabel. Marc fuhr mit seiner Hand in Sophies

Hose. Er streichelte ihre Pobacken. Sophie schob ihre Hüften nach vorne. Sie küssten sich weiterhin zunehmend leidenschaftlicher. Schneller. Intensiver. Marcs andere Hand lag auf Sophies Stirn. Vom Hintern aus tastete er sich nun entlang ihres Rückens immer höher, um dann ihren BH zu öffnen. Das klappte meistens beim ersten Mal – mit zwei Fingern. Er richtete sich auf, zog ihr Top und ihren BH aus. Beides ließ er zu Boden fallen. Sophie trug heute weiße Spitzendessous.

»Du siehst so schön aus!«, hauchte er ihr leise ins Ohr, um dann ihren Nacken mit sanften Küssen zu bedecken. Sophie zuckte zusammen. Sie bekam eine Gänsehaut.

»Zieh dich aus!«, flüsterte sie liebevoll.

Sie sah ihm gerne dabei zu, wie er sich langsam vor ihr entblößte. Das hatte was. Marc tat, wie von ihm verlangt. Völlig nackt saß er nun vor ihr. Sein Penis war groß und steif. Sophie war erregt. Sie hätte ihn am liebsten in den Mund genommen, doch war sie heute nicht fit genug. Marc wusste das. Deswegen war es für ihn in Ordnung, wenn es diesmal etwas langsamer sein würde. Und tatsächlich fühlte sich heute jede Berührung anders an als sonst. Viel emotionaler. Sanfter. Er legte sich seitlich neben sie, mit seinem Gesicht ihr zugewandt. Sophie nahm seinen Penis in die Hand. Marc stöhnte leise auf. Er schloss kurz die Augen, um im nächsten Moment Sophie wieder tief in die Augen zu sehen. Sophie spürte das Knistern. Sie küssten sich wieder, langsam und zärtlich. Marcs Lippen wanderten von ihrem Hals über ihr Dekolleté bis runter zu ihren Brüsten. Erst knabberte er sanft an der einen Brustwarze, während er langsam seine Finger in sie einführte, dann an der anderen. Sophie fühlte, wie sie immer feuchter wurde. Sie schob ihre Hüfte nach vorne und ließ sie wieder nach hinten ins Polster sacken – im gleichen Takt wie Marcs Finger sich in ihr bewegten. Nie wieder will ich mit einem anderen Mann schlafen! Was du mit mir tust, hat noch keiner vor dir geschafft und wird keiner nach dir schaffen! Du und ich. Das ist wie Yin und Yang. Sophie war kurz davor, zu explodieren. Sie massierte seinen Penis weiter. Ein paar

Lusttröpfchen machten sich auf den Weg in Sophies Hand.

»Das ist der absolute Wahnsinn!« Marc zog sich ein Kondom über, das er aus seiner Hosentasche gekramt hatte.

»Beeil dich! Ich halte es nicht mehr aus.«

Er stöhnte leise auf, als er in sie eindrang. Mit sanften Bewegungen brachte er Sophie zum Orgasmus, und kam kurz darauf selbst. Er streifte sich das benutzte Kondom ab, und warf Sophie zufriedene Blicke zu. Sophie liebte es, ihm dabei zuzusehen. Wie schön du bist! Sie musterte ihn von oben bis unten. Du perfekter, perfekter Mensch. Was würde ich dafür geben, fest mit dir zusammen zu sein. Alles, was ich will, bist du. Nur du.

Marc verschwand im Badezimmer, um das Kondom zu entsorgen, und um sich frisch zu machen. Sophie holte sich ein paar Taschentücher unter dem Sofakissen hervor, und wusch sich ab.

»Gehen wir eine rauchen?«, fragte Marc, als er vom Badezimmer zurück kam.

»Klar.« Sophie wickelte sich eine Fleecedecke um, und begleitete Marc nach draußen auf den Balkon.

»Alles gut bei dir?«, erkundigte sich Marc, während er eine Zigarette aus der Schachtel zog.

»Ja, klar. Und bei dir?«

»Mir geht's super.«

Beide grinsten vor sich hin und rauchten ihre Zigaretten.

»Der Film ist echt witzig!«, unterbrach Marc das peinliche Schweigen.

»Ja. Ich habe ihn bestimmt schon fast hundert Mal geschaut und könnte mich jedes Mal wieder krank lachen!«

Marc wartete, bis Sophie ihre Marlboro Light aufgeraucht hatte. Sie rauchte sehr langsam im Gegensatz zu ihm. »Lass uns weiter schauen.«

Sie schafften es diesmal, den Film zu Ende zu schauen, ohne wieder übereinander herzufallen. Im Abspann lief *Chasing Cars* von Snow Patrol. Sophie mochte das Lied.

»Wie wär's mit *Fack ju Göhte 2*? Hast du den schon gesehen?«, fragte Sophie.

»Ich kenne nur den ersten. Können wir gerne schauen.«

Sophie legte den Film ein und Marc seinen Arm um sie. Allein die Tatsache, dass er jetzt so eng an mir schmiegt, mich umarmt, ich ihn so nah bei mir habe, rechtfertigt das Filmeschauen. Der Film ist doch sowieso nur ein Alibi. Irgendwie.

»Ich bin gespannt, ob wir es diesmal schaffen, den Film ohne große Unterbrechungen bis zum Ende zu schauen«, sagte Sophie schmunzelnd.

Er gab ihr dafür einen Kuss auf ihren Hinterkopf und zog sie näher an sich heran.   Hm. So leicht verdient man sich einen Kuss und eine Umarmung? Okay. Eine wohlige Wärme erfüllte Sophie. Eine Wärmflasche war ein Scheiß gegen die Wärme, die von ihm ausstrahlte. Wärme, nicht nur im physischen Sinne. Der ganze Raum entfaltete sich nach und nach in eine liebevolle, harmonische Atmosphäre. Sophies Herz hüpfte. Bleib doch bitte einfach für immer. Du tust mir so gut. Sophie schloss kurz die Augen – was er von hinten nicht sah. Ich bin dankbar, dass ich dich getroffen hab.

Der Abspann des zweiten Filmes lief. Marc umfasste Sophies Schulter, um sie sanft zu sich zu drehen.

»Was ist lo...?«, wunderte sich Sophie.

Marc unterbrach ihre Frage mit einem langen, zärtlichen Kuss.

Sophie wiederholte ihre Frage. »Was ist denn los?«

Marc schaute ihr lange in die Augen. Sie funkelten. Sie leuchteten. Ein Lächeln lag auf seinem zufriedenen Gesicht.

»Ich mag dich als Menschen sehr.«

Sophie blinzelte mit den Augen und schüttelte irritiert ihren Kopf. Er mag mich als Menschen sehr? Was hat das nun wieder zu bedeuten? Werde ich gerade gefriendzoned?

»Wie kommst du denn plötzlich darauf?«

»Weil es unglaublich schön mit dir ist.«

Sophie schloss die Augen und spitzte ihre Lippen. Im Hintergrund liefen mittlerweile die Outtakes. Lautes Gelächter der Schauspieler war zu hören. Sophie schlang ihr linkes Bein um sein rechtes. Marcs Lippen kamen näher. Sophie hatte den Eindruck, sie würde jeden Moment in dem Glanz seiner blauen Augen untergehen. Ihre Lippen berührten sich. Noch nie zuvor hatte er sie so angesehen. Er konnte seinen Blick nicht mehr von ihr abwenden. zog Sophie sanft an sich ran. Er konnte sie nicht nah genug bei sich haben. Statt unter ihr T-shirt zu gleiten, streichelte er mit seiner flachen Hand über ihren Rücken, über ihr Haar. Dann gab er ihr einen Kuss auf die Stirn. Mit seinem Daumen fuhr er zärtlich auf ihrer Wange auf und ab, den Blick nicht von ihr abgewandt. Auf den Fensterbänken erloschen die ersten Flammen der Teelichter, die einen süßlichen Duft von Vanille in die Luft abgaben. Marc holte tief Luft.

»Und deswegen ist es glaube ich besser, wenn wir uns nicht mehr so oft sehen.« Er schaute Sophie prüfend an.

»Das ergibt für mich keinen Sinn.«

»Ich hab Angst, mich zu verlieben.«

Sophie schluckte. Wow.

13

Breaking News

Über Karlotta wusste Sophie nicht besonders
viel, da sie mit Marc nie wirklich über sie ge-
sprochen hatte. Wenn Marc mit Sophie zusammen war, gab es nur sie beide. Dennoch
konnte sie sich aus wenigen Beschreibungen
und Verhaltensweisen ein Bild von ihr in ihrem Kopf ausmalen. Sophie schätzte sie als
eine eher bodenständige, vernünftige Person
ein. Sie arbeitete als Erzieherin, was die Ver-
mutung nahelegte, dass sie ein netter Mensch
mit einem großen Herz war. Sophie hatte ihr
gegenüber nicht immer ein schlechtes Gewissen, da sie dies zu verdrängen vermochte,
doch tat sie ihr im Grunde genommen schon
leid. An diesem Tag – es war Heiligabend –
machte sich Sophie viele Gedanken über Karlotta, denn etwas Eigenartiges geschah.

Sophie war zusammen mit Karla über Weihnachten zu ihrem Vater auf's Land gefahren,
um ein paar friedliche Tage im Familienkreis

zu verbringen. Sie hätte sich gewünscht, Marc wäre auch da gewesen. Er aber war bei Karlotta. Und spielte ihr die heile Welt vor. Oder so.

»Hast du mich blockiert?«, schickte sie ihm per SMS, da sie ihn über WhatsApp plötzlich nicht mehr erreichen konnte. Das zeigten zumindest die Häkchen – beziehungsweise besser gesagt der eine Haken. Sophie machte sich nicht allzu große Sorgen darüber, es musste ganz sicher ein Missverständnis vorliegen, das sich schnell aus der Welt schaffen ließ.

Die Straßen waren glatt, eine weiße, dicke Schneedecke machte ihr den Weg zum Tante-Emma-Laden, um die letzten Einkäufe für die Feiertage zu erledigen, nicht leicht. Eiskalt wie die Luft außerhalb ihres Autos wurde auch ihr Herz – mit jedem Meter, den sie sich dem Parkplatz näherte. Vielleicht ist der Zeitpunkt gekommen, wo Marc für sich entschieden hat, dass er die Affäre beenden will?

Sophie stand geistesabwesend vor dem Kühlregal und fragte sich, was sie eigentlich kaufen wollte. Gedanken sprudelten in ihr hoch, ihr Herz wurde schwerer und schwerer. Die Last schien sie fast zu erdrücken. Sie holte tief Luft und kramte ihr iPhone, in dem sie die Einkaufsliste notiert hatte, aus ihrer Jackentasche. Mascarpone stand ganz oben auf der Liste. Das war es, was sie für die Nachspeise noch besorgen wollte. In diesem Moment ploppte eine Nachricht von Marc auf ihrem Display auf.

»Als ob du nicht wüsstest, wieso, nach der Aktion.«

Sophie war wie vor den Kopf gestoßen, denn sie hatte nicht den leisesten Hauch einer Ahnung, worauf Marc hinaus wollte.

»Kannst du mich bitte aufklären?«

»Warum schreibst du meine Freundin an?«

Sophie las die Nachricht noch einmal.

»Wie bitte, was? Warum sollte ich deine Freundin anschreiben?«

»Irgendjemand hat sie über einen neuen, leeren Instagram-Account angeschrieben. Und im ersten Moment habe ich eben an dich gedacht, da mir kein anderer eingefallen ist.«

Uff. Okay. Sophie verschlug es die Sprache. Er denkt also, ich hätte die Affäre auffliegen lassen? Wow. Dass er so von mir denkt! Aber ... wer hatte ihr geschrieben?

»Okay. Das ist krass. Aber gut zu wissen, dass du mir sowas zutraust. Warum sollte ich das tun? Und vor allem, warum ausgerechnet jetzt? Wenn ich das auffliegen lassen wollte, hätte ich es ja schon vor Monaten tun können! Das ergibt doch gar keinen Sinn!«

Sophie steckte das Handy zurück in ihre Jackentasche. Sie schüttelte den Kopf. Was wollte ich nochmal kaufen? Herrje, jetzt habe ich es schon wieder vergessen! Sie kratzte sich an der Stirn. Was ist nur los mit mir? Ihr Blick war wieder auf das Kühlregal vor ihrer Nase gerichtet. Sie öffnete die Tür. Ein kalter Schwall kam ihr entgegen. Die Kälte, die aus dem Kühlregal kam, hätte in diesem Moment auch gut und gerne aus Sophies Herz kommen können. Sie stand da wie erstarrt.

Pling!

Das Nachrichtensignal holte sie zurück auf den Boden der Tatsachen. Ihre zittrige Hand durchsuchte erneut die Tasche nach dem Einkaufszettel im Smartphone. Ah! Mascarpone war es. Sie holte die Packung aus dem Regal, und schloss die gläserne Tür, um die Kälte nicht länger ertragen zu müssen.

»Sorry wegen der Blockierung. Tut mir wirklich leid! Ich war im ersten Moment einfach geschockt. Ich wünsche dir ein paar schöne Feiertage. Frohe Weihnachten!«

Okay. wow. Was ist das nun wieder? Blockierung bei WhatsApp aufgehoben. Das wievielte Mal hat er mich jetzt schon blockiert und – innerhalb kürzester Zeit, meistens innerhalb von einer Stunde – wieder entblockiert? Bin ich hier in der Marienkäfergruppe in der Kita *Baumhaus* oder was geht ab?

Sophie antwortete nicht mehr. Sie zahlte das Mascarpone und fuhr nach Hause. Schließlich musste sie sich um die Himbeer-Spekulatius-Crème kümmern, die noch einige Stunden vor dem Verzehr gekühlt werden musste. Ihr Vater hatte sowieso schon gedrängt, wann sie gedachte, endlich damit anzufangen.

Die Nachspeise war im Kühlschrank. Sophie hatte während der Zubereitung genug Zeit, sich Gedanken über die Situation zu machen. Und noch einige Fragen.

»Danke. Ich wünsche dir auch frohe Weihnachten. Aber was mich noch interessieren würde, ist, von wem das ausgegangen ist beziehungsweise was da genau gesagt wurde.«

»Keine Ahnung, von wem. Wie gesagt, die Information kam über einen anonymen Instagram-Account. Der- oder diejenige hat gemeint, dass ich wohl seit dem Sommer jemand anderen hätte.«

»Ist da mein Name gefallen?«

»Nein, keine Namen, glaube ich.«

»Okay, das ist gut. Hast du denn jemandem von der Sache mit uns erzählt?«

»Nur meinem besten Freund. Warum ist das wichtig?«

»Naja, für mich ist das wichtig, weil ich wissen will, ob das einer meiner Freunde war. Schließlich wissen nicht viele von unserer Affäre. Das ist gerade wirklich hart für mich!«

»Ja, ich habe es wie gesagt nur ihm erzählt. Und ihm vertraue ich. Mach dich nicht verrückt! Alles gut.«

»Alles gut? Naja, das sehe ich etwas anders. Wenn es nicht dein Freund war, muss es jemand von meinen Leuten gewesen sein. Und das zieht mir gerade ein bisschen den Boden unter den Füßen weg.«

Sophie senkte den Kopf. Wer war das? Der einzige, der mir einfällt, ist ... Nein. Das würde er nicht bringen. Oder ...? Nein. Er weiß, dass ich ihm das nie verzeihen würde! Oder würde er wirklich so weit gehen?

»Kann dich da schon verstehen. Aber ist ja alles gut. Sie hat nicht weiter nachgefragt.«

Sie hat nicht weiter nachgefragt? Wie bitte? Was läuft hier eigentlich? Will er mich auf den Arm nehmen?

»Sie hat nicht weiter nachgefragt?«

»Sie hat mir das halt so erzählt und ich hab nicht viel dazu gesagt, außer kurz nachgefragt, wie sie darauf kommt. Das hat ihr dann wohl genügt. Ich fand's auch echt komisch, dass sie da gar nicht mehr nachgehakt hat.«

Sie hat nicht mehr nachgehakt. Was? Warum nicht? Also ich an ihrer Stelle hätte definitiv sowas von nachgehakt!

»What? Wie ist sie denn drauf? Verschließt sie die Augen? Oder ist es ihr völlig egal, was du mit anderen Frauen so treibst?«

»Keine Ahnung. Alles sehr seltsam.«

Sophie schnappte nach Luft. Beim Ausatmen legte sie das iPhone zur Seite.

Klingeling! Klingeling! Klingeling!

Ihr Vater hatte die uralte, messingfarbene Glocke vom Kamin geholt. Die existierte seit Sophie denken konnte. Wenn er diese Glocke läutete, wussten alle, dass sie sich ins Wohnzimmer begeben mussten, wo sie Spekulatius und Plätzchen aßen, Feuerzangenbowle, Glühwein und Kinderpunsch tranken, und ... viele Geschenke unter dem Baum auf das Auspacken warteten.

Stille Nacht.

14

Schicksalhafte Begegnungen

Die Feiertage waren vorbei. Sophie kam drei Kilo schwerer als zuvor – besser gesagt fettgefressen – kurz vor Silvester wieder in ihrer Wohnung in Würzburg an. Karla blieb noch eine Weile bei ihrem Großvater. Endlich mal Zeit zum Nachdenken. Kein Halligalli mehr und Ringelpitz mit Anfassen. Kein Kindergeschrei. Keine Aufträge ihres Vaters. Tu dies. Tu das. Einfach Ruhe. Sophie befreite die Katze aus ihrem Trolley, und fiel erschöpft auf ihr Bett. Sie checkte ihre Nachrichten.

»Hey. Ich bin heute mit meiner Freundin in der Stadt unterwegs. Falls wir zufällig aufeinandertreffen sollten, wäre es ganz schön, wenn wir so tun könnten, als ob wir uns nicht kennen. Ich weiß, das ist alles ein bisschen blöd.«

Okay, wow.

Die Nachricht von Marc versetzte ihr einen Stich ins Herz. Gleichzeitig wunderte sie sich über die Information. Als ob wir jetzt gerade zufällig an diesem Freitagabend zur gleichen Zeit am gleichen Ort sein würden?! Seltsam. Sie legte das Handy auf das Nachttischchen und kümmerte sich nicht weiter darum. Was soll ich auch groß antworten auf so eine doofe Aussage? Lächerlich!

Sophie nahm eine Dusche. Sie war um acht Uhr in ihrer Stammkneipe verabredet, wo Marie ihren Geburtstag feierte. Während sie sich das warme Wasser über ihren Kopf fließen ließ, begannen die Gedanken wieder um die letzte Nachricht zu kreisen. Das wäre ja echt schräg, wenn wir heute aufeinander treffen würden. Sophie hatte ein mulmiges Gefühl im Bauch. Die Wahrscheinlichkeit, dass das passiert, geht jedoch gegen Null. Würzburg hat schließlich mehr als eine Bar oder einen Club. Und da Marc ja wusste, wo Sophie meistens anzutreffen war, wenn sie unterwegs war, würde er schon dafür Sorge tragen, dass ein Aufeinandertreffen nicht geschieht. Das Badezimmer hatte eine angenehme Temperatur, als sie aus der Dusche kam und sich ihr Handtuch umwickelte. Obwohl sie frisch geduscht war, fühlte sie sich schmutzig. Beschmutzt von all den Lügen, dem Betrug und den Geheimnissen, in die sie sich selbst verwickelt hatte. Nachdem sie ihre Haare endlich geföhnt hatte, zog sie sich an. Sie entschied sich für ein schwarzes Minikleid mit Puffärmeln, dazu Stiefeletten. Obwohl das Farbsortiment ihres Kleiderschrankes von olivgrün, senfgelb über royalblau bis hin zu off-white reichte, fiel die Wahl letztendlich doch immer wieder auf schwarz. Ein letzter Blick in den Spiegel gab ihr ein gutes Gefühl. Sie hatte sich die Haare zu einem Dutt hochgesteckt und die Augen smokey geschminkt. Nachdem sie sich den knallroten Lippenstift aufgetragen hatte, schnappte sie sich ihre Handtasche und lief nach unten, wo Matthäus bereits auf sie wartete. Matthäus. Sie hatte ein komisches Gefühl, was ihn anging. Sie würde ihn heute mal genauer unter die Lupe nehmen – um herauszufinden, ob er was mit der Aktion zu tun hatte.

Die Turmuhr schlug halb acht. Auf dem Weg zur Kneipe, die sich direkt neben der Bar befand, wo Sophie und Marc sich zum ersten Mal trafen, fanden sie eine Gitarre. Leider hatte sie keine Saiten mehr, weswegen sie wohl jemand an der nächsten Straßenecke abgestellt hatte. Kurzerhand entschlossen sich Sophie und Matthäus das Instrument für Marie mitzunehmen, um ihr ein Ständchen darauf zu trällern.

»Happy birthday to you, happy birthday to you, happy birthday, liebe Marie, happy birthday to you!«, grölten die beiden im furchtbarsten Katzengejammer, als sie die Kneipe betraten. Es waren noch nicht viele Leute da, vielleicht vier bis fünf Freunde und Bekannte. Sophie kannte nicht alle. Sie hatte noch nicht einmal ihre Jacke abgelegt, da kam Marie schon mit dem ersten Tablett voller Schnäpse. Oh no!

»Ex oder nie mehr Sex!«, schrie Marie. Sie schien die einzige zu sein, die sich über den ausgelutschten Witz nicht mehr einkriegte vor Lachen. Wie viel *Ex oder nie mehr Sex* sie wohl schon hinter sich hat? Sophie drehte sich zur Theke um, wo sie sich einen Wodka-Red Bull bestellte und setzte sich neben Matthäus auf einen der alten Barhocker. Sie erzählte ihm von der ominösen Nachricht, die Marc ihr geschrieben hatte. Der Abend begann sehr entspannt. Das nächste Tablett voller klebriger, giftgrüner Gläschen machte die Runde und in den nächsten zehn Minuten das übernächste. Aus den Lautsprechern dröhnte Wolfgang Petry.

»Lass uns eine rauchen gehen!«, hörte sie Marie von der anderen Seite des Tresens schreien, um den Lärm zu übertönen.

Sie holten ihre Jacken von der Garderobe und gingen nach draußen. Nun erzählte Sophie auch Marie von der Nachricht.

»Schon seltsam, dass er das schreibt, oder?«, fand Marie.

»Ja. Als ob wir uns hier und jetzt tatsächlich begegnen würden. Er weiß ja nicht einmal, ob ich heute überhaupt weg gehe.«

Als sie nachdenklich an ihrer Marlboro Light zog, fiel ihr Blick auf eine kleine Gruppe von Leuten, die ein paar Meter weiter vor der Tür der Nachbarskneipe standen und sich unterhielten. Sophie verschlug es im nächsten

Moment die Sprache. Sie stand da wie angewurzelt. Fuck!

»Was ist denn?«, fragte Marie irritiert, sich
zu den Leuten umdrehend. »Kennst du die?«

»Guck bitte nicht nochmal hin! Da steht
Marcs Freundin!«, stammelte Sophie leise.

Sie zog hastig an ihrer Zigarette, um schnell
nach drinnen verschwinden zu können.

»Hast du Marc auch gesehen?«, hakte Marie
verdutzt nach.

»Nein, nur sie. Aber er kann wohl nicht weit
sein.«

Drinnen fühlte sie sich sicher. Niemals
würde Marc mit Karlotta in Sophies Stammkneipe aufkreuzen, dessen war sie sich sicher.
Marie und Sophie stellten sich zu Matthäus
und den anderen um den runden Stehtisch,
wo schon die vierte Runde Schnaps darauf
wartete, getrunken zu werden. Im nächsten
Moment schauderte es Sophie, als die Tür aufging. Nicht, weil die eisige Kälte nach drinnen
getragen wurde, sondern weil es Marcs Freundin war, die mit zwei anderen Leuten die

Kneipe betreten hatte. Sophie drehte sich sofort wieder um. Ihr erstarrtes Gesicht war direkt auf Maries gerichtet. Sie stand nun rücklings zu Karlotta.

»Da ist sie«, flüsterte Sophie Marie zu.

Marie warf ihr einen flüchtigen Blick zu und verzog ihre Mundwinkel. Sie deutete an, dass sie sich gleich in der Toilette treffen würden. Sophie ging voraus, ohne Karlotta eines Blickes zu würdigen. Kurz nach ihr, ging die Klotür erneut auf. Marie starrte Sophie mit großen Augen an.

»Und jetzt? Hast du ihn gesehen?«, fragte sie aufgebracht.

»Nein. Die anderen beiden, die dabei sind, kenne ich nicht. Wahrscheinlich Freunde von ihnen.« Sophie holte tief Luft.

»Wenn er kommt, dann ist es so. Wir gehen jetzt wegen denen sicher nicht woanders hin. Es ist dein Geburtstag und du hast dir die Location ausgesucht, also feiern wir auch hier! Alles gut. Mach dir keinen Kopf.« Sophie öffnete ihren Zopf und ließ die Haare über ihre Schultern nach hinten fallen. Der knallrote

Lippenstift, den sie jetzt auffrischte, gab ihr ein gutes, selbstsicheres Gefühl. Marie lief vorne weg, Sophies Hand haltend. Als sie sich dem Hauptraum näherten, standen Karlotta und die beiden anderen Jungs nun am Stehtisch in unmittelbarer Nähe zu ihrem Tisch. Ach du sch...! Ein einziger Alptraum! Marie zog Sophie schnell hinter sich her. Sophie konnte beim Vorbeilaufen Karlottas prüfende Blicke in ihrem Rücken spüren, wie sie sie von Kopf bis Fuß musterte und wieder zurück von Fuß bis Kopf! Sophie wagte es nicht, sich umzudrehen und ihr in die Augen zu schauen. Woher weiß sie, wer ich bin? Hat Annabella ihr gesagt, wer ich bin, ihr Bilder von mir auf Instagram gezeigt? Das machte irgendwie auch nicht viel Sinn, denn Sophie hatte ein privates Profil und sie war nicht mit Annabella befreundet. Annabella war eine gute Freundin von Karlotta. Marc kannte sie auch, aber er mochte sie nicht. Das hatte er Sophie zumindest öfters gesagt. Er fand sie seltsam. Nicht zuletzt deswegen, weil es Annabella war, die Marc und Sophie bei ihrem ersten Treffen im August des letzten Jahres zusammen in

Richtung Sophies Wohnung laufen sehen hatte und sofort Karlotta per WhatsApp verständigte. Karlotta sprach Marc damals darauf an, doch laut Marc hatte sie ihm wohl abgekauft, dass Sophie nur eine Freundin war. Naiv! Auf jeden Fall scheint Karlotta zu wissen, wer ich bin! Hoffentlich spricht sie mich nicht an! Und wo ist überhaupt Marc? Kann der mal bitte kommen und sie hier weg bringen?

»Haut rein, Leute!«, hörte Sophie Marie über den Tisch in die Menge schreien. Sie hatte ein neues Tablett mit zehn vollen Schnäpsen abgestellt.

Für Sophie kam der Alkohol wie gerufen. Ein Schnaps, das war es, was sie jetzt brauchte. Eigentlich zwei. Oder besser fünf. Die Gläser klirrten.

»Auf Marie!«, rief Matthäus, während er sein Glas in die Luft hob.

Plötzlich lief Sophie ein Schauder über den Rücken. Sie fühlte, wie jeder Muskel ihres Körpers zu zucken begann. Ihre Knie wurden weich. Das Herz raste. Was ist los?

Marie starrte Sophie an. Sie versuchte, mit ihren Augen und ihrem Kopf zu gestikulieren, dass Marc da war. Sophie drehte sich um. Sie erkannte Marc, der nur einen Meter mit dem Rücken hinter ihr stand. Fuck! Sie schwitzte. Es schnürte ihr die Luft zum Atmen ab. Warum ist er hier? Mit ihr? Was wird das hier?

»Was zur Hölle...?«, flüsterte Sophie Marie über den Tisch zu.

»Weiß sie, wer du bist?«, fragte Marie.

»Ich habe keine Ahnung. So wie sie mich die ganze Zeit anschaut, anscheinend schon. Vielleicht hat sie mich auf Instagram gesehen? Oder Annabella hat ihr Bilder von mir gezeigt? Oder sie hat sein Handy durchstöbert und dort ein Profilbild gesehen?«

»O Mann, was ein Scheiß! Und jetzt?«, fragte Marie. »Meinst du, sie spricht dich an?«

»Nein, das glaube ich nicht. So schätze ich sie nicht ein. Aber keine Ahnung, meine Menschenkenntnis lässt manchmal auch zu wünschen übrig!«, antwortete Sophie. »Ich frage mich nur, warum um alles in der Welt er sie hier her bringt! Er weiß doch, dass – wenn ich weg gehe –, ich meistens hier bin?! Würzburg hat so viele Bars und Clubs. Warum ausgerechnet hier?«

»Ja, da musst du jetzt durch, Sophie.«

Marie hatte Recht. Sie fasste all ihren Mut zusammen, holte nochmal tief Luft und drehte sich um. Der Tisch, an dem Marc und Karlotta vor zehn Minuten noch standen, war nun leer. Sie waren gegangen.

»Hä? Sind die jetzt zum Rauchen raus oder wirklich gegangen?«, fragte Sophie verwundert über den schnellen Abgang.

Marie hastete zur großen Fensterscheibe, die sich direkt neben der Eingangstür der Bar befand und spähte auf die kaum beleuchtete Gasse hinaus.

»Sie sind gerade Richtung Juliuspromenade gelaufen. Ich glaube, die kommen nicht mehr.«

Sophie holte tief Luft. »Was für eine Aktion!« Sie trank einen weiteren Schnaps. Und noch einen. Und noch einen. Und noch einen.

15

Calvin oder Kevin Klein

Der Kopf brummte, als Sophie am nächsten Morgen aufwachte. Wie viele Schnäpse sie getrunken hatte, wusste sie nicht mehr. Aber sie wusste, dass es definitiv zu viele gewesen waren, mit denen sie verzweifelt versucht hatte, den Liebeskummer zu ertränken. Sie hatte sich ihre Zähne nach dem Nachhausekommen nicht mehr geputzt, und konnte jetzt noch den Geschmack der klebrigen, grünen Flüssigkeit in ihrem Mundraum schmecken. Igitt! Ekelhaft! Nie wieder Alkohol! O Gott! Hoffentlich hab ich ihm heute Nacht im Suff nicht wieder eine Nachricht geschrieben – oder noch schlimmer eine Audio aufgenommen! Panisch durchwühlte sie ihre Bettwäsche und -laken nach ihrem iPhone und checkte die Nachrichten. Sie hatte ihm Gott sei Dank nicht viel geschrieben. Nur ein »Wow. Was für eine Aktion!« Marc hatte heute früh schon geantwortet, was sie eben sah. Sie konnte ihre Augen kaum offen halten vor lauter Kater. Sie kniff sie zusammen und las angestrengt, was er schrieb.

»Da das alles sehr komisch war und ich mich nicht wieder in so einer Situation vorfinden will, sollten wir keinen Kontakt mehr haben. Denke doch, dass das das Beste ist. Diesmal auch endgültig.«

Sophie hätte es eigentlich besser wissen müssen, dass Marc, wenn er von *endgültig* redete, nicht wirklich *endgültig* meinte. Er wollte vielleicht – weil er sich normalerweise von der Vernunft leiten ließ –, dass es *endgültig* war, jedoch wusste Sophie zu diesem Zeitpunkt schon erfahrungsgemäß, dass Marcs *endgültig* kein echtes war. Nichtsdestotrotz legte sich ein dunkler Schleier über ihr sowieso schon angebrochenes Herz. Sie wälzte sich im Bett hin und her, ihr Blick auf die weiße, kahle Wand gerichtet. Wie oft hatte sie diese weiße, kahle Wand in den letzten Monaten, seit sie Marc traf, schon gedankenverloren, in Melancholie versunken, scheinbar völlig apathisch, angestarrt und sich gefragt, warum sie das alles über sich ergehen ließ.

»Also willst du jetzt einfach so tun, als hätte es mich beziehungsweise die Sache mit uns nie gegeben? Und wenn wir uns irgendwann mal wieder sehen, kennen wir uns nicht? Bin beeindruckt«, antwortete Sophie zynisch.

Das Handy blieb stumm. Den ganzen restlichen Tag, den Tag danach, und schließlich kam auch am Ende der Woche keine Antwort von Marc.

Das ist wieder mal typisch! Wenn er nicht weiter weiß, stellt er sich einfach tot. Man kann es sich so leicht machen. Arschloch! Ich hasse dich so abgrundtief für das, was du mir antust. Hätte ich dich doch nur nie getroff... Verdammt! Ich liebe dich. Hätte ich doch nur niemals meinen Fuß in diese beschissene Kneipe gesetzt am fünfzehnten August des letzten Jahres! Dann fick dich doch!

»Gehen wir heute Abend was trinken?«, fragte Matthäus, als ob er gewusst hätte, dass Sophie sich einfach nur besinnungslos besaufen wollte, um den Schmerz zumindest für ein paar Stunden vergessen zu können.

»Ja.«

»Ich hol dich um neun Uhr ab, okay?«

»Ja.«

»Alles klar bei dir?«

»Ja.»

»Bis später. Freu mich!«

Es dauerte nicht lange, bis Sophie die Wirkung des Alkohols deutlich spürte. Einfach mal abschalten, das war es, was sie jetzt brauchte. Matthäus und Sophie stürmten direkt den Dancefloor, als sie in ihrem Lieblingsclub ankamen. Matthäus hatte es geschafft, Sophie auf andere Gedanken zu bringen. Vielleicht war es auch der Alkohol und nicht Matthäus. Wer weiß. Im Club war es gerammelt voll. Die Party war auf ihrem Höhepunkt. Ein paar Drinks später kam es plötzlich zu einem heftigen Streit zwischen den beiden. Matthäus war eifersüchtig, als Sophie sich von einem süßen Typen ansprechen ließ. Er beobachtete das Geschehen aus der Nähe. Sophie konnte seine missgünstigen Blicke in ihrem Rücken spüren. Sie fühlte sich unter Druck gesetzt.

»Ich werde jetzt gehen«, unterbrach Matthäus die beiden eine Weile später an der Theke.

»Wie, du wirst jetzt gehen? Warum?« Sophie war irritiert.

»Ich habe keine Lust mehr«, sagte er, seine Laune sichtlich umgeschlagen.

Sie wandte sich kurz von ihm ab, um einen Schluck aus ihrem Glas zu trinken, das auf dem Tresen stand. Als sie sich wieder umdrehte, konnte sie Matthäus nicht mehr sehen. Unglaublich! Was ist nur los mit ihm? Gönnt er es mir nicht, wenn ich *einmal* mit einem anderen Mann anbandele? Er weiß doch, wie scheiße es mir in den letzten Monaten wegen Marc ergangen ist! War nicht er derjenige, der Sophie immer die Ratschläge erteilt hatte, sich für Neues zu öffnen, um Marc zu vergessen? Sophie versuchte, sich den Abend nicht vermiesen zu lassen und unterhielt sich weiter mit ihrem „Date". Seinen Namen hatte er ihr gesagt, den hatte sie jedoch wenige Minuten später wieder vergessen. Calvin? Kevin? Sophie dachte an Calvin Klein und konnte sich ihr Grinsen nicht unterdrücken. Ein bisschen sah er schon aus wie ein sexy Unterwäschemodel. Ihre Gedanken schweiften ab. Vor sich sah sie einen äußerst attraktiven Mann, lediglich weiße, saubere und enganliegende Boxershorts an seinem braungebrannten Körper tragend, sie anlächelnd, posierend – mit einer Hand lasziv durch seine braunen Haare streichend. Schlafzimmerblick. Was tu ich hier eigentlich? Das ist sowas von lächerlich! Ich habe eigentlich keine Lust, mit einem fremden Mann, der vielleicht nicht schlecht aussieht, vermutlich Calvin oder Kevin heißt, ganz eventuell heiße Unterwäsche by Calvin Klein unter seiner unverschämt engen Jeans trägt, aber mit hoher Wahrscheinlichkeit nicht mal weiß, wie man Calvin Klein schreibt, nach Hause zu gehen. Bist du eigentlich vollends bescheuert, fiel ihr Unterbewusstsein ein. Was genau läuft eigentlich falsch mit dir? Da steht ein unverschämt gut aussehender Kerl Anfang dreißig vor dir, der optisch genau dein

Typ Mann ist, der an dir interessiert zu sein scheint, und du möchtest lieber alleine nach Hause? Wozu? Um dich dann unter deiner scheiß weißen Bettdecke mit den scheiß kleinen schwarzen Pünktchen in Selbstmitleid zu suhlen, weil du, ach wer hätte es geahnt, eigentlich ja nur Marc haben willst? Bitte. Das ist doch nicht dein Ernst, hörte sie es verächtlich fortfahren.

»Ich muss los, sorry«, waren die Worte, mit denen sich Sophie im nächsten Moment von Calvin oder Kevin verabschiedete und den Club verließ.

Draußen stieg sie in eines der vielen Taxen, die vor dem Eingang bereits darauf warteten, die Partypeople heimzufahren. Doch Sophie hatte nicht vor, nach Hause zu gehen. Noch nicht. Vorher würde sie noch einen Abstecher in der kleinen Kneipe machen, in der sie Marc im Sommer letzten Jahres kennengelernt hatte. Nicht in der Hoffnung, ihn dort anzutreffen, sondern um Matthäus den Marsch zu blasen, dass er sie einfach stehen lassen hatte. Matthäus war Stammgast dort, er war mit dem Barkeeper befreundet, der doppelt so alt war wie er. Sie war sich sicher, dass er dort sein würde. Sophie stieg aus dem Taxi aus und torkelte zur Tür hinein. Es war bereits vier Uhr morgens, weswegen kaum noch Gäste da waren. Einer saß betrunken am Tresen vor seinem abgestandenen Bierkrug. Zwei weitere unterhielten sich in einer Ecke an einem Stehtisch. Ihr Blick fiel auf Matthäus, der sich mit Annabella neben der Theke unterhielt. Seinem Blick nach zu urteilen, war er überrascht, Sophie zu sehen. Positiv überrascht.

»Sag mal, klappt's bei dir eigentlich noch?«, fuhr sie ihn aus direkter Nähe an. Die anderen horchten auf.

»Bist du so krankhaft eifersüchtig, dass du es mir nicht gönnst, wenn ich mich mal mit einem anderen Mann unterhalte? Das ist so eine scheiß Aktion von dir! Ich dachte, wir wären Freunde?! Du haust einfach beleidigt ab und lässt mich da stehen!«, fuhr sie vorwurfsvoll fort.

»Ich habe dich nicht stehen lassen, sondern dir gesagt, dass ich gehen werde!«, versuchte er sie zu beschwichtigen.

»Pah! Du kotzt mich an! Ich frag mich echt, wo dein scheiß Problem ist! Bist du in mich verliebt, oder was soll der scheiß? Erklär es mir, ich kapier es nicht!«

Plötzlich meinte Annabella, die das Ganze neugierig beobachtete, sich einmischen zu müssen.

»Weißt du was?«, schnippte sie Sophie an.

»Ihr beide solltet vielleicht einfach mal vögeln!«

Bitte was ist los? Tickt sie noch ganz sauber? Was nimmt sie sich raus, solche klugen Ratschläge zu erteilen? Und überhaupt. Tss. Was mischt sie sich da ein? Das geht sie doch überhaupt nichts an! Außerdem weiß sie gar nicht wirklich, worum es geht! Die spinnt wohl! Sophie – so schlagfertig wie sie sonst war – stand wie angewurzelt da. Ihr hatte es die Sprache verschlagen. Auch Matthäus wusste nicht, wie er darauf reagieren sollte. Beschämt und verlegen rückte er seine Brille gerade und blickte Sophie durch die verschmierten Gläser an. Um seine Mundwinkel zeichnete sich ein Grinsen ab.

»Ja, du hast schon richtig gehört! Statt mit Marc zu vögeln, solltest du das vielleicht besser mit Matthäus tun!«, fuhr sie Sophie weiter an.

Sophie konnte es nicht fassen. »Ihr seid doch alle nicht mehr ganz sauber!«, rief sie zornig, während sie wutentbrannt die Bar verließ.

Sophie rannte nach Hause, sie hatte genug von diesem verrückten Eifersuchts-Calvin-fucking-Klein-Model-Abend. Bullshit, war ihr letzter Gedanke, bevor sie erschöpft unter Tränen einschlief.

Der alte Glockenwecker, der auf dem Nachttischchen stand, holte sie auf aus ihren Träumen zurück auf den Boden der Tatsachen. Sich benommen und müde in den Laken räkelnd, immer noch gefangen in den Gedanken über den Vorabend, griff Sophie zum Handy, um Marc von dem Vorfall in der Bar zu erzählen.

»Anscheinend weiß sie da irgendwas. War echt seltsam. So zusammenhangslos«, schrieb Sophie, als Marc nachfragte, wie sie dazu kam, etwas Derartiges zu sagen. Allerdings schien

Marc das Ganze nicht sonderlich zu beunruhigen.

»Die war schon immer etwas seltsam«, sagte Marc unbesorgt, und sie sprachen nicht weiter über den Vorfall.

Verwundert war Sophie nicht nur über Marcs Reaktion auf diese Sache, sondern über sein Verhalten. Schließlich hatte er doch erst gestern die frohe Botschaft verkündet, dass er nun diesmal wirklich *endgültig* keinen Kontakt mehr zu Sophie haben wollte, weswegen sie sich zu der Party am Vorabend hinreißen lassen hatte.

Auf die Frage, wie es ihm ginge, erhielt Sophie wieder keine Antwort. Komischer Kerl! Echt komisch. Einmal antwortet er, dann reagiert er plötzlich nicht mehr. Sie wunderte sich, ob dieses Hin und Her eventuell die Spiegelung seiner Gefühlswelt repräsentierte. Seine Unentschlossenheit, was seine Verbindung mit Sophie anging. Der innere Konflikt, der in ihm tobte.

Eine Woche verging, in der Sophie mal wieder auf's Neue schmerzlich bewusst wurde, dass sie für Marc bedeutungslos war. Er strafte sie mit Schweigen und Sophie wusste nicht, was sie falsch gemacht hatte.

16

In vino veritas

Der Schnee rieselte über die Dächer der Stadt. Sophie saß an diesem verschneiten Sonntagvormittag Anfang Januar an den Unterrichtsvorbereitungen für die kommende Woche. Sie hatte sich eine heiße Schokolode mit Sahne gemacht, die neben dem iMac auf dem großen, weißen Schreibtisch stand und sie war – was sie selbst verwunderte – richtig motiviert. Ihr Kopf war nach der morgendlichen Yoga-Übung und Meditation wieder freier. Sie versuchte, sich abzulenken, ihre Energie in die Arbeit zu stecken.

»Hey, bist du heute Abend unterwegs?«, wollte Marc mitten in der Nacht von Sophie wissen.

You drive me fucking crazy, war das erste, was Sophie durch den Kopf schoss, als sie die Nachricht, die Marc in der Nacht geschickt hatte, auf ihrem iPhone las.

»Sorry, bin eingeschlafen. War aber zuhause gestern. Wo warst du?«

»War mal wieder sehr betrunken. 90er im *Irri*.«

»Und was wolltest du? Sex?«

»Das weiß ich grad gar nicht mehr.«

»Naja, was sonst nachts um halb drei.«

Und wieder fand sich Sophie in der ihr mittlerweile vertrauten Situation, dass Marc nicht mehr antwortete. Gerade noch gut gelaunt, schlug ihre Stimmung ins andere Extrem um. Sie schnaufte wehmütig. Ihr Blick wanderte vom Handy zum großen weißen Sprossenfenster, hinaus in die Ferne. Eine dicke Schneeschicht bedeckte die Dächer der Nachbarhäuser und Kirchtürme. Manche der dicken Flocken blieben an der Fensterscheibe haften, um dann langsam hinunter zu gleiten. Sie fühlte sich wie eine dieser Schneeflocken. Langsam, aber sicher lösten sich auch ihre letzten Hoffnungen auf ein Happy End auf. Sophie besann sich und antwortete Marc.

»Ich verstehe nicht, warum du sagst, wir sollten den Kontakt endgültig abbrechen und du dich dann eine Woche später, wenn du betrunken bist, wieder bei mir meldest! Wenn du nüchtern bist, denkst du da anscheinend komplett anders. Du willst es aber offensichtlich ja auch, sonst würdest du mir nicht betrunken schreiben. Und ich verstehe einfach nicht, was das ganze Theater soll! Aber bitte, dann ist es so. Dann hab ich langsam aber auch keinen Bock mehr!«

»Ja, stimmt schon. Das war dumm von mir. Da hatte ich betrunken meinen Kopf woanders. Kommt nicht wieder vor«, versuchte Marc sich zu rechtfertigen.

Tss! Sophie verdrehte die Augen, als sie die Nachricht las. Seinen Kopf hatte er woanders? Ja, in der Hose wahrscheinlich, wo sonst. Danke für nichts!

»Ja, genau. Wer's glaubt! Ich weiß gar nicht, warum ich mir das alles schon so lange antue mit dir, wo du mir ja ständig zeigst, wie scheißegal ich dir bin. Irgendwie masochistisch und selbstzerstörerisch, ich weiß. Ich habe keine Ahnung, was das mit dir ist, dass ich mich einfach so gar nicht von dir lösen kann. Ich hasse das, wenn ich so machtlos bin und will auch einfach nicht mehr diesen abartig starken Gefühlen für dich ausgeliefert sein müssen. Aber ich krieg es schlicht und ergreifend nicht hin, dich zu vergessen, so sehr ich es auch versuche. Deswegen tu mir bitte den Gefallen und sag nicht solche Dinge, die du nicht auch hundertprozentig ernst meinst. Ich denke, ich kann dich mittlerweile gut genug einschätzen, um zu wissen, dass du den Kontakt nicht wirklich abbrechen willst. Es war schon so oft so, dass du mich weggestoßen hast und dann immer wieder angekommen bist. Und das ertrage ich nicht mehr. Tu das bitte nicht. Ohne vorwurfsvoll sein zu wollen, denn du hast ja von Anfang an mit offenen Karten gespielt und dich mir gegenüber ehrlich verhalten, aber weißt du eigentlich wie weh mir das tut, wenn du mich ständig abweist? Auch wenn du keine Gefühle für mich hast, ich habe sie für dich und ich will nicht, dass du einfach so aus meinem Leben verschwindest.«

Darauf wusste Marc offenbar nichts zu antworten. Sophie erwartete diesmal auch keine
Reaktion mehr. Das Spiel war ihr ja bekannt.

17

Funkstille

Woche eins.

♥

Woche zwei.

♥

Woche drei.

♥

Woche vier.

18

Don't stop believing!

Nein, ich werde ihm nicht schreiben. Nein. Auf gar keinen Fall! Eigentlich wollte Sophie diesmal nicht diejenige sein, die den ersten Schritt machte. Aber darauf, dass Marc sich einmal von sich aus meldete, konnte sie vermutlich lange warten. Es sei denn, er war betrunken. Also sprang sie über ihren Schatten. Was habe ich schon zu verlieren? Außer meinen Stolz, den ich schon längst verloren habe?

»Sehen wir uns die Tage mal? Was hältst du von Sauna? Müssen auch keinen Sex haben, wenn du das nicht möchtest. Ich würde dich einfach gerne mal wieder sehen.«

»Bin da doch sehr unsicher, ob das eine gute Idee ist. Und die Vorschläge ... Als ob man den ganzen Tag nackt zusammen in der Sauna ist und dann nicht mehr will. Wollte aber auch mal nicht so viel trinken. Wie du immer betonst, dass wir ja keinen Sex haben MÜSSEN.«

»Naja, es ist jetzt nicht so, dass ich nicht gerne Sex mit dir hätte, aber ich würde halt versuchen, es zu akzeptieren, wenn du das nicht willst. Deswegen die Betonung.«

»Vor hab ich eigentlich noch nichts«.

»Also fasse ich das als Ja auf. Cool. Auf was hast du Lust? Du darfst entscheiden.«

»Was hältst du davon, dass wir es einfach mal keinem erzählen, wenn wir uns morgen treffen? Habe keine Lust, mich danach wieder irgendwo erklären zu müssen. Ich weiß, ist wieder so ein komisches Ding.«

»Naja, verständlich.«

»Wäre dafür, sich zu treffen, einen Film zu schauen oder einfach nur quatschen und schauen, worauf man dann Lust hat.«

Sie einigten sich darauf, sich um sieben Uhr bei ihr zu treffen. Sophie war mittlerweile daran gewöhnt, dass Marcs Kontaktabbrüche nicht von Dauer waren. Sie machte sich darüber auch nicht mehr so viele Gedanken wie noch vor ein paar Monaten. Irgendwie fand sie es sogar süß, weil es ihr zeigte, dass er

Interesse an ihr hatte, auch wenn er es vergeblich zu unterdrücken versuchte.

An diesem Freitag im Februar stand Sophie mit dem rechten Bein auf. Sie war schon vor ihrem ersten Kaffee übermäßig gut gelaunt! Die Vorfreude auf den Abend stieg von Stunde zu Stunde, und sie wurde immer hibbeliger, je näher der Abend rückte. Bachblüten brauchte sie mittlerweile keine mehr vor dem Treffen mit Marc. Auf der Heimfahrt von der Schule überlegte sie, was sie wohl anziehen könnte. Nicht zu sexy, aber auch nicht zu leger. Hm ... Vielleicht eine Jeanshose und ein T-Shirt darüber? Sie würde sowieso wieder stark schwitzen, sobald er in ihrer Nähe war. Und das mitten im Winter. Oder doch die heißen halterlosen Strümpfe mit einem kurzen, schwarzen Jersey-Kleid? Er sollte bloß nicht denken, dass sie sich für ihn besonders aufdonnerte. Das Outfit sollte auf natürliche Weise sexy sein und nicht aussehen wie gewollt und nicht gekonnt. Sophie entschied sich für Letzteres.

Marc schien es zu gefallen. Als sie ihm die Wohnungstür öffnete, bemerkte sie direkt seinen musternden Blick. Sie tranken Wodka mit Red Bull. Sophie hätte besser noch etwas gegessen. Jedoch vergaß sie ihr Abendessen vor lauter Aufregung völlig. Dies zeigte sich nach dem ersten Glas bereits. Sophie merkte, dass sie angetrunken war. Normalerweise vertrug sie mehr. Sie hörten Musik und unterhielten sich lange und gut – wie immer. Die Katze lag schnurrend auf seinem Schoß. Marc streichelte sie, während sein Blick immer wieder Sophies suchte. Sie bemerkte, wie die Lust in ihm stieg. Das konnte Sophie inzwischen an seinem Gesichtsausruck erkennen. Als sie gerade dabei war, sich der Katze zuzuwenden, um sie zu streicheln, knickte sie leicht ein und rutschte ab, sodass sie sich wenige Sekunden später mit ihrem Oberkörper auf der Katze – die laut miaute – und halb auf Marcs Schoß liegend wiederfand. Marc grinste. Sophie war manchmal so ein Tollpatsch! Als sie sich aufrichtete, stützte sie sich an seiner rechten Schulter ab. Er nahm ihre Hand, zog sie sanft zu sich. Für einen Moment glaubte Sophie, die Welt würde still stehen, als sich ihre Blicke trafen. Marc küsste sie leidenschaftlich. Die

Katze sprang erschrocken auf und flitzte in die Küche. Aus den Boxen ertönte Bono, der *With or without you* sang. Die vielen flackernden Teelichter, die sich in kleinen Gläsern auf dem Tisch, den Fensterbänken und der Kommode befanden, sorgten für eine romantische Stimmung. Sophie liebte es, wenn sie Marcs Erektion sah und fühlte. Sie fasste ihn an, woraufhin Marc leise aufstöhnte und Sophie noch intensiver küsste. Währenddessen fuhr er mit seiner Hand, die sich wohlig warm anfühlte, zwischen ihren halterlosen schwarzen Strümpfen langsam nach oben. Sie konnte es nicht erwarten, bis er endlich ihre Vagina berühren würde, doch Marc ließ sich Zeit, denn er wusste, wie er Sophie in Ekstase brachte. Langsam kreiste er mit seiner flachen Hand abwechselnd um ihre beiden Innenschenkel. Sophie stöhnte leise, während ihre Hand durch die Jeans und die blaue Boxershorts den Weg zu seinem Penis suchte. Marc zog sich aus und verschwand mit seinem Kopf unter Sophies Kleid. Sie krallte sich in diesem Moment in ein Sofakissen und legte es über ihr Gesicht, biss hinein. O mein Gott!

»Ich habe dich so vermisst!«, murmelte sie lustvoll unter dem Kissen. Das törnte Marc noch mehr an. Er unterbrach sein Zungenspiel, um Sophies Kleid auszuziehen. Er umfasste ihre Brüste mit beiden Händen, zog ihren BH und Slip aus. Sophies Blick fiel auf den Boden, wo alle Klamotten chaotisch herumlagen. Auf ihr lag Marc, der nun dabei war, ihre Brustwarzen mit seiner Zunge zu umkreisen. Sophie liebte es, wenn er das tat. Sie spürte, wie sie immer feuchter wurde, als Marc seinen steifen Penis an ihr rieb. Schnell stülpte er ein Kondom, das er aus seiner Jackentasche kramte, über. Sie schloss die Augen und genoss das Liebesspiel. Hör niemals damit auf!

-

Sophie schmiegte sich wie immer seitlich an seine Brust, und Marc streichelte ihren Rücken. Nun gab er ihr einen zärtlichen, langen Kuss. Dieser Moment gehörte nur ihr. Den würde ihr nie jemand nehmen können. Sie schloss die Augen und spürte förmlich ihre absolute innere Ruhe und Zufriedenheit. Sie könnte ewig so mit ihm einfach nur da liegen. Sophie erzählte Marc ihre Anekdoten aus der letzten Schulwoche – da sammelte sich immer ganz schön was an. Marc genoss es, ihren Geschichten zu lauschen, denn sie waren tatsächlich immer recht unterhaltsam. Mittlerweile kannte er wohl schon alle Schüler aus der Ghetto-Klasse – zumindest beim Vornamen! Sophie hatte wirklich eine anstrengende, nervenaufreibende Woche hinter sich und war deswegen umso dankbarer, dass sie Marc nun bei sich hatte. Die Kirchturmuhr am nahegelegenen Marienplatz schlug mittlerweile zehn Uhr. Sophie stand auf, um sich ihre Unterwäsche anzuziehen. Marc drehte sich zur Seite, um sie dabei zu beobachten – grinsend selbstverständlich.

»Was ist los?«, fragte Sophie lächelnd.

»Nichts. Ich schau dich einfach gerne an«, erwiderte Marc schelmisch.

Er setzte sich auf und saß jetzt mit leicht geöffneten Beinen vor ihr. Seine Hände legte er auf ihre Hüfte und zog sie liebevoll an sich heran. Mit seinen weichen Lippen küsste er zärtlich die Gegend um ihren Bauchnabel ab, um schrittweise immer tiefer zu wandern.

Sophie hatte es bis hier nur geschafft, ihr Höschen wieder anzuziehen. Der BH, den sie gerade noch in der linken Hand gehalten hatte, fiel in dem Moment zu Boden, als Marc ihren Slip vorsichtig mit den Zähnen nach unten zog und ihren G-Punkt erreichte. Wenige Minuten später kniete Sophie vor ihm auf dem Teppichboden, sie begann langsam, seinen Penis mit Küssen zu befeuchten, bevor sie ihn vollständig mit ihrem Mund umschloss. Marc ließ sich entspannt nach hinten auf das Sofa fallen und führte Sophie, indem er mit seiner Hand auf ihrem Hinterkopf sanfte Vorwärts- und Rückwärtsbewegungen machte, um das Tempo mitzubestimmen. So sehr Marc jedes Mal genoss, wenn Sophie ihn oral befriedigte, tat er sich dennoch schwer, so zum Orgasmus zu kommen. Deshalb war der Oralsex mittlerweile das gängige Vorspiel. Nach ein paar Minuten unterbrach Sophie, was sie tat, und setzte sich auf ihn. Während sie sich leidenschaftlich küssten, ließ Sophie ihre Finger – einen nach dem anderen – über Marcs Rücken gleiten. Mit der anderen Hand umfasste sie seinen erigierten Penis, um ihn dann auf und

ab zu bewegen. Sie spürte die nassen Lust-
tropfen auf der Innenseite ihrer Hand, was sie
sehr erregte. Marc umfasste mit beiden Händen ihren Hintern, während er erneut in sie
eindrang. Die Bewegungen begannen erst
langsam und sanft, um dann immer schneller
und härter zu werden. Sophie merkte Marc
nach den vielen Monaten ihrer Affäre meistens immer noch nicht an, wenn er gekommen
war, denn er war verhältnismäßig leise.

»Bist du gekommen?«, flüsterte Sophie in
sein Ohr.

Er grinste zufrieden.

Sie gingen zusammen – nur mit Unterwäsche bekleidet – auf den Balkon und rauchten
eine Zigarette. Es war eiskalt. Sophie beobachtete die kleinen Eisklümpchen in der fast halb-
leeren Wodkaflasche, die auf dem Tisch stand.

»Bist du eigentlich betrunken?«, wollte Sophie wissen.

»Geht so, aber es fehlt nicht mehr viel. Bei
dir?«

Sophie spürte den Alkohol mittlerweile deutlich. »Ich glaub, ich bin schon betrunken.«

Sie gingen nach drinnen, wo Sophie die Musik bis zum Anschlag aufdrehte. *A singer in a smoky room, a smell of wine and cheap perfume ... It goes on and on and on and on ...* Meistens hörte sie das Lied beim Wohnungsputz. Immer jedoch, wenn sie Alkohol getrunken hatte. Und dann gab es keine Hemmungen mehr. Sie schnappte sich die Fernbedienung, bewegte sie in Richtung Mund und begann zu singen. Marc – zunächst sichtlich irritiert – lehnte sich amüsiert an die Lehne des Sofas zurück und beobachtete das Spektakel aus sicherer Distanz. Sein Grinsen wurde mit jedem Wort, das sie in die Fernbedienung grölte – sie traf keinen einzigen Ton –, breiter und breiter.

Als sie das „Mikro" in die Ecke schmiss, um die Saiten ihrer Luftgitarre zu schlagen, konnte er sein Lachen nicht mehr zurückhalten. Er stand auf, nahm ihre Hände von der nicht vorhandenen Gitarre und küsste sie. Die Wodkaflasche war fast leer. Wieder packte sie die Leidenschaft und wenige Augenblicke später fanden sie sich übereinanderliegend auf dem Teppichboden wieder. »Don't stop beliiiiieving«, prasselte es erneut aus Sophie heraus, bevor er sie mit einem sinnlichen Kuss zum Schweigen brachte.

Die Uhr schlug eins. Der Wodka war leer. Und Marc und Sophie fielen beide völlig betrunken ins Bett.

Diesmal war es nicht das Läuten des alten Glockenweckers, das sie aufweckte. Diesmal war es die Katze. Sie sprang maunzend auf das Bett, um es sich zwischen Marc und Sophie bequem zu machen. Marcs Hand wanderte automatisch zur Katze. Während er ihr orangefarbenes, weiches Fell streichelte, schnurrte sie zufrieden.

»Wenn ich eine Katze wäre, würde ich jetzt auch schnurren«, flüsterte Sophie von der anderen Seite des Bettes, während sie sich zu ihm umdrehte. Sie sah im tief in die Augen. Und sie konnte mit der Katze mitfühlen. Innerlich schnurrte Sophie noch lauter als es das Tier tat. Marc gab Sophie einen Guten-

Morgen-Kuss. Danach stand er auf und suchte seine Kleidung.

»Was hast du vor?«, fragte Sophie irritiert.

»Mich anziehen?«, entgegnete Marc lächelnd.

»Warum?«, hakte Sophie – ihre Lippen zu einem Schmollmund geformt, die Augenbrauen verzogen – nach.

Marc grinste. Eine Antwort wusste er nicht wirklich. Sophie schlug die Bettdecke, in die sie eben noch bis zum Halsansatz eingemurmelt war, auf. Mit nur einem schwarzen Spitzenslip begleitet grinste sie ihn nun an.

»Zieh dich nicht an«, bat Sophie ihn, woraufhin Marc sich wieder zu ihr ins Bett legte und über sie herfiel. Die Katze sprang erschrocken auf und rannte aus dem Zimmer.

»Ich will dich in mir spüren!«, sagte sie leise, während sie seinen steifen Penis mit ihrer Hand umfasste und die Haut sanft nach oben und unten schob. Seine Lippen fühlten sich weich an, die Küsse feucht. Draußen war es schon hell, vermutlich war es schon nach zehn. Sophie setzte sich auf ihn. Während er ihre Brüste liebkoste, fielen ihre langen Haare immer wieder über die Schultern nach vorne. Sie band sie sich zu einem Assi-Dutt zusammen. Scheiß drauf! Nun verwöhnte Marc sie abwechselnd mit leichtem Lecken und Berührungen seiner Hände.

»Ich liebe deine Brüste!« sagte er leise aufstöhnend. Und setzte das Ganze fort. Sophie hatte eine Hand auf seinem Nacken abgelegt, die andere massierte liebevoll seinen Penis. Nun holte sie ein Kondom aus der Schublade des Nachttisches. Das mit dem Überziehen konnte sie noch nie besonders gut, was Marc inzwischen wusste. Er zog es sich über und Sophie führte ihn in sich ein.

Marc unternahm nun keine Versuche mehr, sich anzuziehen und sie verbrachten die nächsten zwei Stunden im Bett. Der Abschied war wie immer unverbindlich. Er umarmte sie. Den feuchten Kuss auf der Stirn, den er hinterließ, spürte sie noch eine Weile, nachdem er gegangen war.

19

Ich liebe dich!

Sophie fand kurze Zeit später beim Aufräumen den dicken schwarzen Edding unter einem der Sofakissen. Sie riss die Augen weit auf, als ihr plötzlich dämmerte, was sie mit diesem Stift in der letzten Nacht tat. Sie errötete. O nein!

»Ich hab also tatsächlich mit schwarzem Edding *Ich liebe dich* auf deinen Oberkörper geschrieben. Geht's eigentlich noch peinlicher? Du denkst doch jetzt bestimmt, ich bin völlig gestört?!«

Sophie brachte ständig solche Aktionen, wenn sie mit Marc zusammen war. Irgendwann würde er sie wegen sowas noch abservieren, dachte sie, während sie das Display ihres Handys nicht aus den Augen ließ.

»Hab es wieder abgewaschen«, schrieb er amüsiert mit einem Zwinkersmiley.

Sophie ließ das so stehen, sie hakte nicht weiter nach und hoffte, dass bald Gras über die Sache gewachsen sein würde. Kurz vorm Einschlafen ließ sie den gestrigen Abend nochmal Revue passieren. Wir haben ganz schön viel getrunken! Hätte ich doch bloß noch was zu Abend gegessen! ... Wie oft hatten wir Sex? Dreimal? Viermal? Zehnmal? ... Haben wir ein Kondom verwendet?

Sophie erschrak bei dem Gedanken, dass sie sich nicht mehr an alle Details erinnern konnte und die Möglichkeit bestand, dass sie nicht an die Verhütung gedacht haben könnten in der Nacht, denn *Clue* zeigte ihr an, dass sie gerade gestern ihren Eisprung hatte.

»Hab da nochmal ein paar Fragen zu letzter Nacht. Ist mir schon etwas unangenehm, aber ich habe da teilweise wohl ein paar Lücken. Wie oft hatten wir Sex? Und wie oft ohne Kondom?«

»Weißt du nicht mehr … Dreimal abends, zweimal frühs. Das erste Mal war mit. Beim zweiten Mal warst du auf mir gesessen und dann ist es so passiert. Ich hoffe doch, dass er vorher komplett draußen war. War aber auch betrunken und kann dir nicht mehr jedes Detail sagen.«

O fuck! Tausende Gedanken schossen wild in Sophies Kopf umher! Sie rollte sich auf den Bauch, um ihr Gesicht in einem der vielen Kissen zu vergraben. Ausgerechnet gestern und heute! Sophie und Marc hatten schon öfters ohne Verhütung miteinander geschlafen, aber dann war es nicht in ihrer fruchtbaren Phase. Sophie hatte die immer genau auf dem Schirm, sie kannte ihren Körper, um zu wissen, wann sie ungeschützten Sex mit Marc riskieren konnte. »Das sollte man nie tun, egal, wie wahrscheinlich eine Schwangerschaft ist oder nicht«, meldete sich ihr Unterbewusstsein kritisch zu Wort.

»Sei still!«, fauchte Sophie.

Sie schickte Marc einen Screenshot ihres Zykluskalenders, der den Eisprung für den gestrigen Tag anzeigte.

»O weh!«, war das einzige, was Marc dazu einfiel.

Sophie ließ seine Reaktion etwas verwundert zurück. Sie war ja großer Fan seiner Gelassenheit. Aber hier war die irgendwie fehl am Platz.

»Genauso fehl am Platz wie deine Leichtsinnigkeit!«, fiel das Unterbewusstsein wieder ein.

»Ja. Bleibt nur zu hoffen, dass nichts passiert ist«, sagte Sophie.

»Das wäre ja echt hart.«

Nach diesen letzten Worten von Marc wollte Sophie erstmal Abstand zu der Sache gewinnen. Es gelang ihr jedoch nicht, nicht ständig das Worst-Case-Szenario in ihrem Kopf abzuspielen. Was, wenn ich wirklich schwanger bin? Schwanger von einem Typen, den ich zwar liebe, der diese Liebe aber nicht erwidert? Ja, der sogar mit einer anderen Frau eine Beziehung führt? Vor ihrem inneren Auge sah Sophie sich mit dem dicken Babybauch im achten Monat im Lehrerzimmer stehen, wo alle hinter ihrem Rücken tuschelten, weil sie doch wussten, dass Sophie Single war. Ihren Vater erblickte sie in der Ferne, wie er sich die

Hände über dem Gesicht zusammenschlug. Die einzigen, die die Sache mit dem Baby akzeptieren würden, wären ihre Freunde. Sie würden sie unterstützen. Ihr Vater auch. Keine Frage. Aber Sophie würde vor Scham im Erdboden versinken, müsste sie ihm erzählen, dass sie sich von einem vergebenen Mann hat schwängern lassen! ... Wie würde Marc damit umgehen? Er ... Das laute Klingeln ihres Smartphones riss Sophie aus ihrer Gedankenwelt. Es war Stella. Genau im richtigen Moment.

»Wie lief das Date?«

»Wie immer der absolute Wahnsinn. Nur ...«, Sophie brachte es nicht über die Lippen. Sie schämte sich dafür, dass sie so verantwortungslos ohne Verhütung mit ihm Sex hatte.

»Nur was?«, hakte Stella nach.

Stille.

»Jetzt sag schon! Was ist denn los?«

»Wir hatten mal wieder ungeschützten Sex!«, stammelte Sophie.

»Ja, das ist ja nichts Neues, oder?«, erwiderte Stella.

»Naja, diesmal ist das Timing leider uncool, da ich gestern meinen Eisprung ...«, wollte Sophie erklären, aber Stella unterbrach sie.

»Bist du eigentlich komplett bescheuert?«, schrie Stella empört durch die Leitung.

Sophie entfernte das Handy vom Ohr. Sie stellte Stella auf Lautsprecher.

»Bist du noch da? Hallo?«

»Ja. Schon.«, sagte Sophie leise, hörbar enttäuscht von sich selbst.

»Und jetzt?«

»Keine Ahnung. Warten, ob ich meine Tage kriege in zwei Wochen.«

»Kannst du nicht einen Frühtest machen? Hol dir doch am Montag gleich einen in der Apotheke!«, schlug Stella vor.

»Keine Ahnung, ab wann man die Tests machen kann, damit sie auch aussagekräftig sind. Hab da keine Erfahrungen mit.«

»Was ist mit der *Pille danach*?«, fiel Stella ein.

»Ich glaube, dafür ist es schon zu spät. Aber ich ruf morgen früh gleich mal in der Notfall-Apotheke an und erkundige mich. Ich muss jetzt auch mal schlafen. Melde mich morgen, okay?«

»Okay, versuche, zu schlafen. Denk an dich!«

Der Schlaf war alles andere als erholsam. Sophie wachte immer wieder auf, wälzte sich rastlos hin und her und träumte wirres Zeug von Marc, und von einem Kinderwagen mit einem schreienden Baby, das genauso aussah wie er...

Als sie am nächsten Morgen aufwachte, tat ihr alles weh. Sie fühlte sich, als hätte sie ein Panzer überfahren. Sie ließ ihren Blick durch den hellen Raum schweifen, der schließlich auf dem alten Glockenwecker hängen blieb. Es war halb neun. Sophie sprang auf. Sie setzte sich mit ihrer Kaffeetasse auf das Sofa und rief in der Apotheke an.

»Karmelitenapotheke Würzburg, wie kann ich Ihnen helfen?«, hörte sie eine freundliche weibliche Stimme fragen.

»Guten Morgen. Ich habe eine Frage zur *Pille danach*«, sagte Sophie beschämt. Gott sei Dank konnte die Frau am anderen Ende der Leitung nicht sehen, wie Sophie vor Scham errötete.

»Gerne. Wie lange ist es denn her?«

»Freitagabend«, sagte Sophie kurz angebunden.

»Also generell kann man die *Pille danach* bis zu zweiundsiebzig Stunden nach dem ungeschützten Geschlechtsverkehr einnehmen.«

»Ah, okay. Das klingt ja gut«, entgegnete Sophie hoffnungsvoll.

»Wichtig dabei ist, ihren Eisprung zu berücksichtigen«, ergänzte die Apothekerin. »Wissen Sie denn, wann der war?«

»Ja, ungefähr. Laut meiner Zyklusapp war der am Freitag«, gab Sophie verlegen zu. »Aber ob die App hundertprozentig sicher ist, weiß ich nicht. Ich merke den Eisprung normalerweise immer, weil ich ein bestimmtes Ziehen im Unterleib spüre und weißlichen Ausfluss habe. Das war am Freitagvormittag in der Schule für ein paar Stunden der Fall«, informierte Sophie die Frau.

»Also dann macht das leider keinen Sinn, tut mir leid. Die *Pille danach* verschiebt den Eisprung, sodass sich kein Ei einnisten kann. Wenn der Eisprung aber kurz vor dem ungeschützten Geschlechtsverkehr bereits stattgefunden hat, kann er logischerweise nicht mehr verschoben werden.«

»Das heißt, ich muss jetzt warten, bis ich meine Tage bekomme? Und bei Ausbleiben mache ich einen Schwangerschaftstest?«

»Richtig. Kurz und vor dem Eisprung und bis zu fünf Tage danach kann eine Befruchtung stattfinden. Falls sie schwanger sind, können sie das frühestens sechs Tage nach der Befruchtung mit einem Früherkennungstest feststellen.«

Sophie bedankte sich freundlich für die kompetente Beratung und erzählte Stella von dem Gespräch.

Sie zählte die Tage bis zu ihrer nächsten Regelblutung. Noch elf waren es. Tagein tagaus trug sie die schwere Last mich sich herum.

Überall sah sie plötzlich schwangere Frauen, Kinderwägen, Familien bei ihrem Sonntagsspaziergang mit den Kids, Windelwerbung bei YouTube, die sie überspringen konnte – welch Glück. Was ist hier los? Sophie war kurz davor, vollends dem Wahnsinn zu verfallen. Sie entschied sich auf dem Rückweg vom Supermarkt, einen Abstecher in der Apotheke zu machen.

»Die Frühtests können Sie fünf Tage vor dem Ausbleiben der Periode durchführen«, antwortete die PTA auf Sophies Nachfrage. »Wann bekommen Sie denn ihre nächste Menstruation?«

»In elf Tagen«, sagte Sophie.

»Dann können Sie in sechs Tagen den Test machen, jedoch rate ich immer dazu, zu warten, bis die Regel ausbleibt, weil das Ergebnis so sicherer ist!«, erklärte die Frau freundlich.

Sophie bezahlte den Frühtest, steckte ihn in ihre Tasche und verließ die Apotheke. Ich werde ihn jetzt machen! Das hält ja kein Mensch aus! Ich brauche Klarheit. Jetzt. Sofort.

Zurück in der Wohnung, lief sie direkt von der Küche, wo sie sich ein altes Glas aus dem weißen Küchenbüffet holte, ins Badezimmer. Sie sammelte ihren Urin auf. Es bringt nichts! Die Frau aus der Apotheke sagte doch, ich muss noch zwei Tage warten. Was tu ich hier eigentlich? Typisch ich! Schwachsinns-Aktion. Absolut unnötig. Sie tauchte den Teststab – wie in der Gebrauchsanleitung beschrieben – für wenige Sekunden in den Urin. Danach legte sie ihn auf die Porzellanablage über dem Waschbecken. Eine ebene Fläche musste es sein, damit das Testergebnis auch nicht verfälscht werden würde. Nun hieß es warten. Drei Minuten.   Sophie starrte in den Spiegel. Das Bild, das ihr entgegenblickte, war trostlos. Sie schaute auf das Testfenster. Ein Strich war nach einer Minute schon zu erkennen. Was bedeutete ein Strich nochmal?

Sophie kramte die Gebrauchsanweisung aus dem Abfalleimer. Ah, okay. Ein Strich bedeutete *nicht schwanger*. Zwei Striche *schwanger*. Sie setzte sich auf den geschlossenen Toilettendeckel, zog ihre Beine an sich heran und legte ihren Kopf, der sich schwer anfühlte, auf den Knien ab. Zu ihrem Erstaunen war sie außergewöhnlich ruhig. Kein Herzrasen. Keine Schnappatmung. Kein Wackelpudding in den Beinen. Woran liegt das wohl? Ist mir das Ergebnis so egal? Wäre eine Schwangerschaft okay für mich? Ich liebe ihn … Aber ich will doch nicht alleine unser Baby großziehen! Außerdem kann ich dann gar nicht mehr verreisen. Naja … vielleicht nur noch einmal im Jahr. Darf man während der Schwangerschaft überhaupt verreisen? Sophie erinnerte sich, dass sie, als sie im achten Monat mit Karla schwanger war – sie hatte einen übermäßig unnormal großen Babybauch – mit Christoph in Afrika unterwegs war. Die Flughafenleute in Mombasa wollten sie nicht mehr zurück nach Deutschland ausreisen lassen, weil sie der Meinung waren, dass Sophie schon viel weiter als im achten Monat sein müsste. Der Mutterpass und die Bescheinigung vom Arzt konnten sie leider nicht lesen, da sie auf Deutsch verfasst waren. Das war vielleicht ein Alptraum! Sophie musste sich tatsächlich in einem versifften Kabuff am Flughafen von einem völlig fremden Arzt – war er überhaupt ein richtiger Arzt? – untersuchen lassen, Gott sei Dank nur per Ultraschall auf der Bauchdecke. Dass dieser Stress nicht unmittelbar die Wehen ausgelöst hatte, wunderte Sophie sehr.

Das Läuten der Eieruhr, die Sophie auf drei Minuten gestellt hatte, holte sie aus ihren Erinnerungen zurück auf den Boden der Tatsachen – oder besser gesagt, auf den Deckel ihres Klos. Sie las das Ergebnis ab. Kein zweiter Strich. Okay. Hätte ich mir also auch sparen können. War zu früh. Jetzt hieß es doch, noch weiter warten. Nie hatte sie sich ihre Monatsblutung mehr herbeigesehnt, als in diesem Moment. Und er lässt mich einfach alleine mit den Ängsten und Sorgen. Ist ja nicht sein Problem, wenn ich schwanger bin. Ernüchternd. Mein Leben so „Haha".

20
Ein allerletztes Mal?

»Was machst du so?«, wollte Sophie am nächsten Tag von Marc wissen.

»Nichts Besonderes. Hab ab heute Bereitschaft. Du?«

»Ich langweile mich gerade etwas. Was heißt Bereitschaft?«

»Falls Firmen anrufen, muss ich verfügbar sein. Deswegen werde ich auch nicht mehr allzu viel machen – und auch die restlichen Tage kaum Zeit haben.«

»Ah, okay. Verstehe. Bist du auch für mich allzeit verfügbar?«, fragte Sophie frech, und schickte ihm ein Bild von sich hinterher. Oben ohne. Nur mit schwarzem Spitzenslip. Ihr Gesicht hatte sie weggeschnitten. Sicher ist sicher.

»Das ist verdammt heiß! Aber leider kann ich hier nicht weg.«

Uff. Okay. Sophies Mundwinkel zogen sich nach unten. »Schade.«

»Aber das Bild gefällt mir wirklich sehr. Da hoffe ich ja schon, dass wir uns nochmal treffen können, bevor sie wieder da ist.«

»Ja. Ich auch. Und hoffentlich nicht nur noch einmal.«

»Die nächsten acht Tage bin ich wie gesagt arbeitstechnisch wegen der Bereitschaft sehr eingebunden. Danach fahre ich nach München und dann ist ja auch schon Ende Februar, sprich sie wohnt wieder bei mir.«

»O okay. Dann wird das wohl nichts mehr. Ich bin ja dann im Urlaub bis Anfang März.«

»Wann fliegst du nochmal?«

»Am 21. Februar.«

Sophie kramte ihren weißen Terminkalender mit den kleinen schwarzen Punkten aus ihrer Schultasche und klebte drei rosafarbene Post its in Herzform auf drei verschiedene Tage. Auf denen stand: *Mich mit Marc treffen.* Sie fotografierte sie ab und schickte ihm das Bild.

»Haha, du bist süß. Mittwoch würde bei mir ganz gut passen. Freitagmittag fahre ich dann nach München.«

»Super. Dann machen wir doch Mittwoch. Wann und wo?«

»Puh. Das ist mir eigentlich egal. Entscheide du.«

»Dann um halb acht bei mir?«

O nein! Da ist ja Elternsprechabend.

»Geht auch halb neun? Bin vorher noch in der Schule.«

»Passt. Super!«

Sophie war aufgewühlt. Sie freute sich, dass er sie nochmal sehen wollte, aber gleichzeitig wurde ihr schmerzlich bewusst, dass das vielleicht das vorerst letzte Mal sein würde, denn Karlotta würde Anfang März wieder aus München zurück kommen. Ein Abschied? Ein vorübergehender Abschied? Was würde das werden?

Es klingelte an der Tür. Sophie fiel ihm direkt um den Hals und küsste ihn zur Begrüßung.

Marc gelang es gerade noch so, die Wohnungstür hinter sich zuzuziehen, als Sophie ihn packte und durch den langen Flur hinter sich her zog.

»Lass uns direkt ins Schlafzimmer gehen.«

Marc runzelte die Stirn. »Wow. Was ist denn mit dir los? So stürmisch heute?«

Er folgte ihren Anweisungen. Sie spürte seine feuchte, warme Hand in ihrer. Auf dem Weg versuchte er, seine Schuhe auszuziehen, doch es gelang ihm nicht wirklich. Einen hatte er in der linken Hand. »Kann ich erstmal meinen anderen Schuh noch ausziehen?«, fragte Marc verwirrt. Er lachte.

»Weiß nicht, ob du das schaffst, während du läufst«, antwortete Sophie frech.

Er packte sie nun, als sie vor dem Bett ankamen. Er beugte sich zu ihr nach unten, küsste sie, und fuhr mit seiner Hand zwischen ihre Oberschenkel. Sophie trug noch das Kleid, das sie beim Elternsprechtag an hatte. Sie sah elegant aus.

»Du willst es jetzt gleich, hm?«

Sie zog ihn zu sich und antwortete mit einem leidenschaftlichen Kuss. Langsam ließen sie sich nach hinten auf das Bett fallen.

»Zieh dich aus. Schnell!«, forderte sie.

Marc tat, was sie verlangte. Sophie sah ihm dabei zu. Sie zog ihr Kleid über den Kopf aus und streifte ihre Strumpfhose ab. Darunter trug sie schwarze Seide.

Marc küsste Sophie langsam zwischen den Oberschenkeln. Doch das ging Sophie zu langsam.

Sie streifte ihren Slip ab. »Steck ihn rein!« Innerlich war sie kurz davor, zu explodieren.

»Ohne Kondom?«

»Nein. Mit.«

Während Marc sich das Kondom überzog, drifteten ihre Gedanken ab. Die Frage hättest du lieber das letzte Mal stellen sollen, mein Lieber. Jetzt ist es vielleicht sowieso schon zu spät! Aber das interessiert dich anscheinend gar nicht. Nachgefragt hast du zumindest nicht mehr, wie der aktuelle Stand ist. Marc war bereit. Sophie drehte sich um, vergrub ihr

Gesicht in dem weißen Kissen mit den kleinen schwarzen Punkten. Als er in sie eindrang, stöhnte Sophie auf. Verdammte Scheiße ist das gut! Es dauerte nicht allzu lange diesmal, bis sie beide gleichzeitig zum Orgasmus kamen.

»Du überraschst mich immer wieder auf's Neue!«, sagte Marc. Erschöpft fiel er neben Sophie ins Laken. Seine Arme hatte er nach oben ausgestreckt.

Sophie schmunzelte. »Das war verdammt gut!«

Marc wandte sich zu ihr und grinste sie an. Seine blauen Augen leuchteten. Er streichelte zärtlich Sophies nackten Körper, während er jeden Zentimeter von oben bis unten musterte.

»War's das jetzt?«, fragte Sophie traurig. Sie sah ihn mit großen Kulleraugen an.

»War das jetzt was?«

»Na, war das jetzt das letzte Mal, dass wir uns sehen? So für immer?« Sie presste die Lippen zusammen. Ihre Augen wurden feucht.

Marc schnaufte. »Ich habe keine Ahnung, ehrlich gesagt.«

»Das heißt, du kannst mir nicht sagen, ob wir uns wieder sehen werden?« Sophie senkte ihren Kopf. Dann legte er seinen Daumen und Zeigefinger auf ihr Kinn und hob es an. Er blickte ihr in die Augen.

»Ich weiß nicht, wie das gehen soll, wenn sie wieder da ist und bei mir wohnt. Wird schwierig. Fast unmöglich eigentlich.«

Sophie konnte nicht sagen, ob er traurig war oder gleichgültig. Aber sie vermutete ersteres. Nur zugeben würde er es niemals.

»Willst du denn, dass es vorbei ist?« Sophies Herz pochte. Bitte sag nein! Bitte sag nein!

Marc fuhr sich durch die Haare.

»Eigentlich nicht. Aber ich denke, es ist wohl das Beste für alle Beteiligten.« Er legte den Kopf zur Seite. »Ich muss dann auch mal los. Muss morgen früh raus.«

Sophie senkte den Kopf. »Okay«.

Sie begleitete ihn noch zur Tür. Nachdem sie ins Schloss gefallen war, sackte sie zu Boden. Sie zog ihre Knie an sich heran, legte ihre Arme und ihren Kopf darauf ab. Sie zitterte. Dann brach sie in Tränen aus. Warum tut das so verdammt weh? Kann man jemanden lieben, mit dem man nie eine richtige Beziehung geführt hat? Warum fühlt sich das hier gerade wie Schlussmachen an? Sie langte sich mit der rechten Hand ans Herz. Denn es zog sich zusammen. Es stach. Und stach. Und stach. Sie übte mehr Druck auf ihre Hand aus. In der Hoffnung, den Schmerz zu lindern.

21

Corona & andere Krisen

Türkisblaues Meer. Weiße Sandstrände. Palmen. Fledermäuse in Scharen, die ulkige Laute von sich gaben. Sophie war im Paradies. Sie stand mit ihrem Koffer am Flughafen in Malé, auf die Fähre nach Ukulhas wartend. Sie schleppte viel zu viel mit sich herum. Viel zu viele Bikinis und Klamotten für eine Woche. Schnorchelausrüstung. Zu viele Schuhe. Und einen Schwangerschaftstest. Denn noch immer hatte sie ihre Tage nicht bekommen. Den Test hatte sie sich bislang jedoch noch nicht getraut, durchzuführen.

Dreißig Grad im Februar. Zehn Stunden Sonnenschein. Kein Tropfen Regen. Herrlich! Sie stellte ihre Tasche neben sich ab und ließ sich nach hinten in den weichen, warmen Sand fallen. Es war Spätnachmittag, als sie auf Ukulhas ankam. Die Sonne ging über dem Meer allmählich unter. Sie legte ihren Kopf zur Seite. Keine Menschenseele am Strand. Vermutlich

waren alle schon zum Duschen in die Gäste-
häuser gegangen. Eine Möwe landete ein paar
Meter neben ihr im Sand. Ich wünschte, du
wärst hier... Wehmütig vergrub sie ihre Füße
und Hände im Sand. Ihr Herz wurde immer
schwerer.

Das kleine Badezimmer war voller warmem
Dunst, als Sophie aus der Dusche trat. Sie
spürte noch viele Sandkörner auf ihrer Haut,
als sie sich ein weißes, großes Badetuch um ih-
ren nackten, nassen Körper wickelte. Gedan-
kenverloren wischte sie den beschlagenen
Wandspiegel mit der Handinnenfläche ab. Sie
sah, wie ihr Spiegelbild tief Luft holte. Okay.
Also gut. Sie tunkte den Teststab für ein paar
Sekunden in den Urin, den sie in einem Plas-
tikbecher aufgefangen hatte und legte ihn am
Waschbecken ab. Tick. Tack. Tick. Tack. Tick.
Tack. Sie starrte auf den Sekundenzeiger ihrer
Armbanduhr, die sie in der Hand hielt. Ihr
Herz pochte laut im Rhythmus des Zeigers.
Tick. Tack. Tick. Tack. Tick. Tack.

   Die Zeit war abgelaufen. Sophies Blick wanderte von der Uhr über den inzwischen wieder angelaufenen Spiegel zum Teststab. Der

zeigte zwei rosafarbene senkrechte Striche an. Diesmal musste sie nicht mehr in der Gebrauchsanleitung nachschauen, was das zu bedeuten hatte. Apathisch wischte sie den Spiegel frei. Sie starrte hinein. Ihr erstarrtes Gesicht konnte sie klar und deutlich darin sehen, und doch kam ihr alles verschwommen vor.

»Bist du gut angekommen? Hast dich gar nicht mehr gemeldet... Alles okay bei dir?«

Sophie las Stellas Nachricht und rief sie an.

»Hallo?«

»Hey. Dachte, ich ruf kurz mal durch.«

»Alles gut? Klingst ja nicht so begeistert.«

»Ich habe gerade den Test gemacht.«

»Uuuund?« Stellas Stimme klang aufgeregt.

Sophie schwieg.

»Sophie? Sag mir jetzt nicht, dass du schwanger bist!«

Sophie brachte kein einziges Wort heraus. Sie starrte auf die weiße kahle Wand gegenüber des Bettes.

»Sophie! Sag doch bitte was!«

»Laut Testergebnis bin ich schwanger.« Sophie holte tief Luft.

»Ach du heilige Scheiße! Nicht dein Ernst?! Ja, und jetzt? Wie geht's dir damit? O Mann, ich würde dich so gerne in den Arm nehmen. Warum hast du den Test nicht nach deinem Urlaub gemacht? Dann hätte ich bei dir sein können!«

»Ich hab absolut keine Ahnung. Stehe irgendwie gerade unter Schock, glaube ich. Kann es nicht begreifen.«

»Willst du es ihm sagen?«

»Nein.«

»Aber er muss es doch wissen. Er ist schließlich der Vater!« Stella schnaufte laut auf. »Oder willst du es abtreiben lassen?«

»Du kennst meine Einstellung zum Thema Abtreibung.«

»Ja. Aber wie stellst du dir das vor? Willst du jetzt neben Karla ein Baby alleine großziehen, ohne Vater? Alleine mit einem Vollzeitjob und einem zehnjährigen Kind? Das wird ja auch finanziell ziemlich schwierig, oder?«

»Geld will ich von ihm schon mal überhaupt keines. Ich verdien genug. Was, wenn er mich alleine stehen lässt, wenn ich ihm von der Schwangerschaft erzähle? Das würde ich nicht ertragen.«

»Aber wenn du es ihm nicht sagst, wirst du nie erfahren, ob er sich vielleicht doch für dich und das Baby entschieden hätte und seine Alte endlich in den Wind geschossen hätte! Du hast doch nichts zu verlieren!«

Du hast doch nichts zu verlieren. Das waren in letzter Zeit Stellas Lieblingsworte. Zu oft hatte Sophie ihre Freundin diesen Satz in den letzten Monaten hören sagen.

»Ich will nicht, dass ein Kind der Grund dafür ist, dass er sich von ihr trennt beziehungsweise mit mir zusammen ist. Ich will, dass er es meinetwegen aus Liebe tut!«

»Ja, da hast du auch wieder Recht. Du musst es aber ja auch deiner Familie und deinen Arbeitskollegen sagen. Was willst du denen erzählen? Die wissen ja alle, dass du Single bist!«

»Ich hab keine Ahnung. Das ist der absolute Tiefpunkt. Schwanger von der vergebenen Affäre. Ich fühle mich so assi. Komm mir vor wie eine bei Frauentausch auf RTL 2. Ich schäme mich so.«

»Wenn sich einer schämen muss, dann ist das Marc! So ein Idiot, echt! Ich hasse diesen Typen!!! Was er dir an Leid zufügt! Ich würde es seiner Freundin stecken an deiner Stelle! Und wenn sie ihn dann immer noch nicht verlässt, dann kann man ihr auch nicht mehr helfen, ganz ehrlich! Die lässt sowieso schon viel zu viel mit sich machen. Trennt sich nicht von ihm, obwohl sie von der Affäre Wind bekommen hat! Vielleicht wäre das ja eine Chance, dass sie ihn endlich verlässt.«

»Wahrscheinlich würde sie ihn nicht mal dann verlassen, wenn er eine andere geschwängert hätte. Sie liebt ihn doch so, Stella, das weißt du doch.« Sophie klang zynisch.

»Ich würde sagen, dass du jetzt erstmal versuchst, deinen Urlaub zu genießen und etwas zu entspannen. Lass dir das bitte nicht dadurch versauen. Du bist im Paradies! Chille dich an den Strand, komm zur Ruhe. Und mach dir mal ein paar Gedanken, was du möchtest. Das ist das Wichtigste im Endeffekt. Du entscheidest danach, was für dich die richtige Entscheidung ist – ohne Rücksicht auf Andere!«

»Ja, das klingt nach einem Plan. Ich brauche glaube ich auch erstmal ein paar Tage, um das alles sacken zu lassen. Aber eine Abtreibung werde ich sicher nicht machen lassen.«

»Gemeldet hat er sich auch nicht mehr seit eurem letzten Treffen, oder?«

»Nein. Das hätte ich dir schon gesagt, wenn es so wäre.«

»Der hat jetzt bestimmt auch Schiss, dass sie was mitbekommt, wenn er weiterhin mit dir schreibt. Nimm das nicht persönlich. Es ist nur eine Frage der Zeit, bis er wieder angekrochen kommt, da bin ich mir sicher.«

»Ich bin mir da nicht so sicher, ehrlich gesagt. Ich glaube, ich war für ihn einfach nur ein willkommener Zeitvertreib zur Überbrückung seiner Fernbeziehung. Jetzt, wo sie wieder da ist, braucht er mich ja nicht mehr.«

Ein Klopfen an der Zimmertür unterbrach das Telefonat.

»Hey, Sophie! Magst du mit uns zum Strand runter gehen?«

»Ja, ich komme mit. Eine Sekunde.«

Sophie hielt sich das Smartphone wieder ans Ohr.

»Du, ich muss mal aufhören. Gehe mit ein paar Leuten zum Strand runter. Ein bisschen Ablenkung wird mir gut tun. Wir schreiben morgen, okay?«

»Was sind das denn für Leute? Typen?«

»Ein paar vom Gästehaus hier. Die habe ich heute Nachmittag kennengelernt. Aber auf Typen hab ich momentan circa gar keine Lust. Mach dir keine Sorgen.«

»Dann viel Spaß und melde dich morgen mal. Ciao.«

Sophie steckte das iPhone in ihre Tasche, stopfte noch eine Wasserflasche und den Zimmerschlüssel hinein und begleitete die zwei Jungs und drei Mädels zum Strand. Einer davon war der Koch des Gästehauses. Schon sehr süß. Dunkle Haare, Drei-Tage-Bart, ein Einheimischer. Gerade mal fünfundzwanzig. Er hatte Sophie schon den ganzen Tag schöne Augen gemacht, als sie sich über den Weg gelaufen waren. Das Gästehaus war sehr überschaubar. Gerade einmal fünf Zimmer gab es. Wenn man aus dem Tor ging, war man zehn Schritte später direkt am weißen Sandstrand. Es war paradiesisch. Sie setzten sich auf eine Decke, die das italienische Pärchen mitgebracht hatte, in den noch immer warmen Sand. Über dem weiten Ozean, der wilder war, als heute Nachtmittag, verschwand die Sonne im Wasser am Horizont. Fledermäuse boten ihr quiekendes Schauspiel über dem kleinen dschungelartigen Wald hinter dem Strand dar. Noch nie hatte Sophie Fledermäuse aus unmittelbarer Nähe gesehen. Und erst recht nicht in diesen Scharen. Es waren hunderte. Das slowenische Mädchen betrachtete nachdenklich die Tiere.

»Have you guys heard about that corona virus? It's said to come from China and is spread by bats.«

»Yes, I talked to my Mum this morning and she said that some schools in Italy have already closed.«

Sophie hörte zum ersten Mal davon. Sie lauschte weiterhin gespannt dem Gespräch. Die Information des italienischen Mannes überraschte Sophie. Bevor unsere Schule dicht macht, muss schon jemand mit dem eigenen Kopf unterm Arm ankommen, dachte sie sich.

»My cousin and his family have been here for three days now. They said that their kids' schools have shut down completely for an uncertain period of time. So, they can stay longer, as there is no school at the moment.«

»I'm just wondering when it will arrive in Germany then, when they have already been shutting down schools in Italy. Italy is not far away from Germany. That really scares me now.«

Sophie war verunsichert. Hoffentlich kommt sie noch nach Hause, bevor es zu spät für einen Rückflug ist. Was für ein Tag. Eine Hiobsbotschaft jagt die nächste. Sie ließ sich erschöpft rücklings in den Sand fallen und vergrub ihre nackten Füße darin.

»Yeah, they've also started prohibitions as regards contacts with friends and relatives. Many shops have already closed as well. And you have to wear a face mask when you leave your house.«

Sophie wurde mulmig zumute. Sie verabschiedete sich kurze Zeit später und machte noch einen langen Strandspaziergang, bevor sie auf ihr Zimmer ging.

Das war's jetzt wohl endgültig. Das hat mir gerade noch gefehlt. Ein Virus, das Marc und mich voneinander trennt. Oder besser gesagt, Marc in seiner Entscheidung bestärkt, dass es besser ist, das Ganze zu beenden. Das darf einfach nicht wahr sein... Mein Leben so „Nö!"

22

Funkstille

Woche eins.

Woche zwei.

♥

Woche drei.

Woche vier.

Woche fünf.

Woche sechs.

♥

Woche sieben.

Woche acht.

♥

Woche neun.

♥

23

Aus den Augen — aus dem Sinn?

Sophie lag regungslos unter der Decke, starrte die weiße, kahle Wand gegenüber ihres Bettes an, genauso wie damals, als sie das erste Mal neben ihm aufgewacht war. Der Unterschied lag darin, dass sie statt seines betörenden, fremd riechenden Duftes nun lediglich das süßliche Zitronengras in der Duftlampe ihres Nachttisches riechen konnte, von dem sie einige Tropfen zu viel eingeträufelt hatte. Sie wünschte sich in diesem Augenblick nichts sehnlicher als den Geruch des Grases gegen den seinen eintauschen zu können, den sie schon zu lange nicht mehr gerochen hatte. Zudem spürte und vernahm sie keine leisen, sanften Bewegungen auf der anderen Seite des Bettes, so wie sie es damals nach ihrer ersten gemeinsamen Nacht getan hatte. Traurig fiel ihr Blick auf das unbenutzte weiße Kopfkissen mit den kleinen schwarzen Punkten. Ihre Gedanken schweiften ab in ihre Traumwelt, in der sie sich in letzter Zeit häufig befand. In ihrer Fantasie lag er nun neben ihr. Nach den vielen Wochen, die ins Land gezogen waren, konnten sie noch immer nicht die Finger voneinander lassen. Sie küsste ihn sanft auf die Stirn und hauchte ihm ein *Ich liebe dich* zu. Danach streichelte sie zärtlich seine Wangen und schaute ihm tief in seine blaugrauen Augen. Sie versank darin und das Gefühl, sie könnte bis in seine Seele eintauchen, erfüllte sie zutiefst. Doch er war nicht hier. Sie hatten nun schon seit Monaten keinen Kontakt mehr gehabt. Und die Sehnsucht nach ihm schien sie innerlich schier zu zerreißen.

Morgen stand Sophies Geburtstag vor der Tür. Dank Corona konnte sie ihre geplante Party mit ihren Freunden nicht feiern. Seit Wochen hatte sie dank Kontaktverboten kaum einen anderen Menschen als ihre Tochter gesehen. Seit Wochen saß sie tagein tagaus am Schreibtisch, um ihre Schüler per Homeschooling zu unterrichten. Und jetzt machte das fiese, grüne Virus ihr auch noch einen Strich durch die Rechnung, was ihren Geburtstag anging. Sophie war hin- und hergerissen. Sie entschied sich, trotz der monatelangen Funkstille, Marc anzuschreiben.

»Ich habe ja morgen Geburtstag. Da ich nicht feiern darf, wollte ich fragen, ob du Lust hättest, vorbeizukommen?«

»Das wird nichts.«

Marc tippte. Dann war er offline. Wenige Minuten später ploppte noch eine Nachricht auf.

»Ich finde, wir sollten uns nicht mehr sehen und so auch den Kontakt einstellen. Ich empfinde das Ganze eher als Belastung. Dir trotzdem viel Spaß an deinem Tag morgen. Wunder dich nicht, wenn von mir nichts mehr kommt.«

Wow. Sophie hatte mit vielem gerechnet, aber nicht damit. Schlagartig wurde ihr übel. Sie rannte ins Badezimmer, weil sie das Gefühl hatte, sich übergeben zu müssen. Sie hielt ihre langen Haare zu einem angedeuteten Pferdeschwanz nach oben, damit sie nicht in der Toilettenschüssel landeten. Während sie den frisch gepressten Orangensaft – mehr hatte sie heute noch nicht zu sich genommen – auskotzte, begann sie bitterlich zu weinen.

Ihr Körper bebte. Das Gedankenkarussell begann von Neuem. Alles drehte sich. Erschöpft legte sie sich auf dem weichen Badteppich vor der Toilette ab und zog die Beine an sich heran. Ich hasse dich! Ich hasse dich so sehr!

Ihr Stolz verbot ihr, ihm nochmal zu schreiben. Aber ihr Herz verlangte nach Antworten, die ihr Verstand schon längst kannte. Sie versuchte, so sachlich und emotionslos wie möglich zu bleiben, obwohl ihr das schwer fiel. Am liebsten hätte sie ihn beschimpft, beleidigt, ihn mit Vorwürfen über sein arrogantes, selbstgefälliges Verhalten bombardiert. Aber das wäre nicht zweckdienlich gewesen. Vermutlich hätte er sie direkt blockiert.

»Ist das nicht etwas übertrieben? Warum empfindest du es als Belastung? Das finde ich unglaublich schade, da ich eigentlich immer dachte, dass du gerne bei mir bist. Und viel Spaß morgen werde ich nach dieser Nachricht wohl keinen mehr haben können.«

Marc hielt es nicht für nötig, Sophie weitere Antworten zu liefern. Die Häkchen färbten sich blau. Doch Marc strafte Sophie mal wieder mit seiner arroganten Ignoranz. Ich hasse dich so abgrundtief! Irgendwann wirst du hoffentlich an der Kälte in deinem Herzen erfrieren!

»Jetzt beantworte mir doch wenigstens mal meine scheiß Fragen! Das ist ja wohl nicht zu viel verlangt, oder?«

Endlich erhielt sie eine Nachricht. Sie holte tief Luft, versuchte, sich selbst zu beruhigen. Die Tränen, die nun über beide Wangen liefen, trocknete sie, während sie seine Nachricht las, mit ihrem T-Shirt ab. Ihre Augen brannten.

»Ich will das halt einfach nicht. Ist mir zu viel. Ich will auch nicht, dass meine Beziehung darunter leidet!«

Sophie konnte nicht fassen, was sie las. Jetzt plötzlich will er nicht, dass seine Beziehung darunter leidet? Pah! Das hätte er sich mal früher überlegen sollen, bevor er ungefähr zwei- undfünfzigmal mit mir geschlafen hat!

»Auf einmal? Nach einem dreiviertel Jahr? Sorry, aber da kann ich dir gerade nicht fol- gen. Und ehrlich gesagt, werde ich langsam auch echt sauer!«

Sophie spürte, wie die Wut in ihr kochte. Sie zog sich am Waschbecken nach oben. Ihr Blick fiel in den Spiegel. Der Mascara war inzwischen bis an die Wangen hinunter gelaufen, die Augen rot unterlaufen. Warum tust du mir das an? Warum lasse ich mich so behandeln? Hab ich überhaupt keine Würde mehr?

»Was denkst du denn, dass das gewesen ist, dass du jetzt einen Grund hast, sauer zu sein? Da hatten wir wohl unterschiedliche Ansichten!«

Das war ein Schlag ins Gesicht. Sophie hielt sich die zittrige Hand vor ihren Mund, um sie gerade rechtzeitig über der Kloschüssel loszulassen. Sie schwitzte. Sie wimmerte. Sie weinte. Sie kotzte. Du bist das Gift, das durch meine Adern fließt, du Scheißkerl! Die Emotionen nahmen Überhand. So viel hatte Sophie schon länger nicht mehr gleichzeitig gefühlt. Sie empfand tiefen Hass, maßlose Enttäuschung, Zorn und Wut. Wut auf ihn, Wut auf sich selbst und Wut auf das Schicksal, das sie in diese unausweichliche Situation gebracht hatte.

»Für dich war es offensichtlich völlig bedeutungslos. Für mich nicht. Ich hoffe, du weißt, dass du mir gerade das Herz brichst.«

Marc antwortete nicht mehr. Für ihn hatte es sich damit wohl erledigt. Auch wenn sie nie Drogen genommen hatte, so stellte sie sich einen kalten Entzug vor. Seine Nummer zu löschen, war sie nicht im Stande. Auch wenn das das Beste gewesen wäre. In den vielen Schwangerschaftsbüchern hatte sie immer wieder gelesen, wie wichtig die Vermeidung von Stress ist. Psychosomatisch veranlagt war Sophie schon immer. Als Kind hatte sie starke Neurodermitis, die sich immer dann meldete, wenn sie gestresst war. Teilweise hatte sie sich im Schlaf die kompletten Hände blutig gekratzt. Sie musste einen Weg finden, wieder mit sich ins Reine zu kommen. Sich selbst und ihrem Baby zuliebe. Und auch wegen Karla. Sie schaute noch einmal in den Chat, um zu prüfen, ob er die Nachricht schon gelesen hatte. Das, was sie sah, gab ihr den Rest für den absoluten emotionalen Nervenzusammenbruch. Er hatte sie wieder blockiert. Wortlos. Kommentarlos. Skrupellos.

»Sophie. Ich weiß nicht, was dieser Typ denkt und ich werde es nie begreifen. Es kann sein, dass er dich blockiert hat, weil er Angst hat, dass seine Freundin was mitkriegt. Vielleicht auch, um für sich abzuschließen. Aber mal ehrlich, wie lange willst du dir das noch antun? Du musst endlich einen Schlussstrich ziehen, auch wenn es verdammt hart wird! Irgendwann wirst du über ihn hinwegkommen, aber das Wichtigste ist, dass du endlich damit anfängst! Lösche seine Nummer, entfolge ihm auf Instagram! Such dir einen anderen Kerl! Du brauchst jetzt jede Ablenkung, die du kriegen kannst. Denke doch bitte auch an dein Baby!«

Sophie schloss die Augen, während sie sich von Stellas Ratschlägen berieseln ließ. Sie wusste, dass sie das zu hören bekommen würde, denn das war es, was Stella ihr schon seit Monaten immer wieder vor Augen führte.

»Ich weiß. Du hast recht mit allem, was du sagst. Aber ich kann nicht. Ich schaffe es nicht.«

»Doch! Du schaffst das! JEDER Typ ist besser als er, Sophie! JEDER! Der hat dich überhaupt nicht verdient! Du brauchst sowas in deinem Leben doch nicht mehr. Das, was du brauchst, ist ein richtiger Mann. Einer, der dich ernst nimmt, dich wertschätzt, dich liebt – so wie du bist! Und nicht so einen, der vögelt, mit wem und wann er will, der lügt, wenn er seinen Mund aufmacht, betrügt, hintergeht und keine Rücksicht auf die Gefühle anderer nimmt! Wach auf!«, mahnte Stella in strengem, aber liebevollem Ton.

»Sag mir wie und ich tu alles, um ihn zu vergessen!«, flehte Sophie ihre Freundin an. Wieder brach sie in Tränen aus. Sie spürte, wie sich ihr Herz zusammenzog. Es schnürte ihr die Luft zum Atmen ab.

»Triff dich doch einfach mal mit dem Italiener, der dir seit Tagen ständig schreibt. Der ist mir so sympathisch. Schau mal, wie lieb der sich um dich bemüht. Er wäre perfekt! So jemanden brauchst du! Und ni... «

»Ja, ich weiß. Und es tut mir auch wirklich leid, dass ich ihm eine Abfuhr geben musste.

Aber ich kann nichts erzwingen, wenn ich keine Gefühle für ihn habe. Ich bin einfach nicht offen für Neues, weil ich Marc immer noch liebe«, fiel Sophie Stella ins Wort.

»Vielleicht entwickelt sich das ja noch! Was hast du zu verlieren, wenn du dich mit ihm triffst? Er weiß sogar von deiner Schwangerschaft und hat trotzdem ernsthaftes Interesse an dir! So einen findest du nicht an jeder Ecke! Sei doch nicht so starrköpfig!«

Sophie schluckte, während Stella redete. Resigniert und erschöpft legte sie ihren Kopf auf dem Kissen ihres Sofas ab, stellte das iPhone auf laut und hörte weiter zu.

»Du bist genauso wie dein Vater, was die Sturheit angeht! Ich erinnere mich noch gut an den Umzug von München nach Würzburg vor fünf Jahren, als dein Vater die Unfälle...«, sagte Stella, deren Stimme plötzlich immer undeutlicher wurde. Sie konnte den Satz nicht beenden, weil sie vor Lachen keinen einzigen Ton mehr über die Lippen brachte. Sophie hörte nur noch ein Lallen, ein Glucksen, und dann Schweigen, bis Stella wenige Sekunden später die letzten Wörter aussprechen konnte, »...die Unfälle hatte! Du bist der weibliche Klon deines Dads!«

Sophie konnte Stella zwar nicht sehen, aber sie wusste, dass sie gerade dabei war, sich die Tränen, die sie vor Lachen weinte, mit ihrem Pullover abzuwischen. Sie schaffte es doch immer wieder, Sophie aus ihren noch so trüben Gedanken zu holen.

»Wie viele Unfälle waren das nochmal?«, fragte Stella, die nach Luft zu schnappen versuchte.   »Zwei innerhalb von dreißig Minuten?«, fiepte sie – mal mehr, mal weniger verständlich.

»Drei innerhalb von zehn Minuten«, erwiderte Sophie trocken. Im nächsten Augenblick konnte auch sie ihr Lachen nicht mehr unterdrücken. Sophie ließ die Aktion mit dem LKW und dem Umzug in Gedanken Revue passieren. Sie hatten eine heiße Diskussion darüber, wer denn nun den großen 7,5-Tonner mit Sophies Hausrat sicher von München nach Würzburg bringen würde. Sophie wollte ihn fahren, doch ihr Vater bestand darauf, dass er das machen würde. Karlas Vater war für den Umzug auch zur Hilfe nach München gekommen. Auch er hielt es für keine gute Idee, Sophies Vater den Transporter fahren zu lassen, denn er wusste von den vielen Unfällen, in die er im letzten Jahr mit seiner alten A-Klasse verwickelt war – und bei keinem war er das Unfallopfer. Christoph war jedoch leider noch nie gut darin, andere von etwas zu überzeugen. Nachdem Sophies Vater zig Mal beteuerte, dass er mehr Erfahrung mit solchen Fahrzeugen hätte, gaben Christoph und Sophie schließlich klein bei. Sophie betete in Gedanken das *Vater Unser* vorwärts und rückwärts, als ihr Vater den Motor des LKW anließ. Sie fuhr mit einem mulmigen Gefühl in der Magengegend mit ihrem Mini voraus, denn ihr Dad kannte sich in München überhaupt nicht aus. Mit Anfang siebzig war er auch nicht mit Navis vertraut. Sophie hatte es bewusst nicht eingeschaltet, damit er nicht abgelenkt werden würde. Sie verließen die Nymphenburger Straße und mussten durch die Stadtmitte, um zur Autobahnauffahrt zu gelangen. Sophie beobachtete ihren Vater durch den Rückspiegel.

An der nächsten Kreuzung stellte sie fest, dass auf der Spur neben ihr auch ein schwarzer Mini an der roten Ampel auf die Weiterfahrt wartete. O nein! Hoffentlich verwechselt er die Autos nicht! Der Mini auf der rechten Spur würde nämlich nicht wie Sophies geradeaus weiterfahren! Die Ampel gab grünes Licht. Sophie fuhr geradeaus. Ihr Vater bog rechts ab, dem falschen Mini folgend. Das darf nicht wahr sein! Sophie griff zum Handy. Sie erklärte ihrem Vater, dass er falsch abgebogen war, was er in den ersten Minuten des Telefonats vehement abstritt. Sturkopf! »Bleib, wo du bist«, forderte Sophie ihn auf, »ich bin in fünf Minuten da!« Aus fünf wurden wegen des regen Verkehrs zehn Minuten. Als Sophie die Seitenstraße erreichte, wo ihr Vater den LKW geparkt hatte, glaubte sie ihren Augen und Ohren nicht trauen zu können. Er hatte es tatsächlich fertig gebracht, drei Unfälle in zehn Minuten zu bauen! Beim Einparken streifte er einen nebenan parkenden Audi A3, woraufhin er zurückfahren wollte. Beim Zurücksetzen rammte er rücklings einen vorbeifahrenden Mercedes SLK. Und schließlich blieb er noch mit dem LKW am rechts von ihm parkenden Ford Fiesta hängen, als er wieder in die Parklücke fahren wollte.

Stella hatte schon recht. Sophie war wirklich manchmal genauso starrsinnig wie ihr Vater. Wenn sie sich etwas in den Kopf gesetzt hatte, dann wollte sie es auf Biegen und Brechen auch erreichen! Mit dem Kopf durch die Wand. Da stieß man auf Granit.

Nach dem Telefonat ging es Sophie schon deutlich besser. Was würde ich nur ohne Stella tun? Sie ist die beste Freundin, die man sich wünschen kann. Immer hat sie ein offenes Ohr für mich. Auch wenn ich ihr zum hundert-zweiunddreißigsten Mal das Gleiche erzähle, sie hört mir auch zum hundertzweiunddrei-ßigsten Mal zu.

Ihren Geburtstag ließ Sophie dieses Jahr aus-fallen. Sie war absolut nicht mehr in der Stim-mung, irgendetwas zu unternehmen. Was will man auch feiern, wenn man neununddreißig wird? Die Tatsache, dass man noch nicht die vierzig geknackt hat? Danke, aber nein…

24

Leere

Was zur Hölle? Sophie erschrak sich fast zu
Tode. Die weiße Bettwäsche mit den kleinen
schwarzen Punkten war großflächig rot verfärbt. Sie riss im nächsten Augenblick die Decke nach oben. Ein Schauder ergriff sie. Ihr
weißer Slip war voller kleiner blutiger Klümp-
chen, auch das hellgraue Bettlaken war be-
schmiert. Sophie wimmerte vor sich hin, als
sie versuchte, sich aufzurichten. Ihre Atmung
wurde schneller, sie hechelte förmlich nach
Luft. Ihre verschwitzte Hand legte sich wie
automatisiert auf ihren schmerzenden Bauch,
während sie die Lippen zusammenpresste. Ihr
Blick fiel auf ihre zittrigen Beine. Was ist los
mit mir? Sie wusste, dass sie ins Badezimmer
musste, aber war sich sicher, dass sie es vom
Schlafzimmer aus nicht alleine schaffen
würde. Sie griff zum Handy.

»Ich bin in zehn Minuten da. Bleib, wo du bist!«, sagte Stella, nachdem Sophie ihr erzählt hatte, was passiert war.

Sophie erschrak vom lauten Klingeln. Sie schleppte sich, immer noch mit der einen Hand ihren unteren Bauch haltend, mit der anderen an den Wänden des Flurs abstützend, zur Sprechanlage und drückte auf den Türöffner. Sie ließ sich erschöpft auf den kalten Boden im Flur sinken, zog die Beine an sich heran. Ihr Körper bebte, sie brach in Tränen aus.

Als Stella in der Wohnung ankam, fand sie Sophie wie ein Häufchen Elend im Flur liegend. Sie setzte sich zu ihr auf den weißen Boden, der sich mittlerweile auch stellenweise rot verfärbt hatte.

»Ich ruf einen Krankenwagen, okay?«, schlug Stella vorsichtig vor, während sie Sophies Kopf streichelte.

»Nein, bitte nicht. Kannst du mich nicht ins Krankenhaus fahren?«, schluchzte Sophie. Sie schnäuzte in das Taschentuch, das Stella ihr gegeben hatte. Sophie spürte die weichen Berührungen auf ihrem Rücken.

»Komm, ich helfe dir beim Aufstehen«, sagte sie. Sie griff ihr unter die Arme. Das Auto hatte sie Gott sei Dank direkt vor der Haustür geparkt – wie nahezu immer im absoluten Halteverbot.

Als sie in der Notaufnahme im nicht weit entfernten Julius-Spital ankamen, erkannte eine Schwester sofort, was los war. Sie brachte einen Rollstuhl und beförderte Sophie in das Behandlungszimmer, wo sie sie mit Hilfe des nun anwesenden Arztes auf eine Liege legten. Die Schwester säuberte die blutverschmierten Innenschenkel, zog ihren Slip aus und warf ihr einen sterilen Kittel über, woraufhin der Arzt begann, vorsichtig ihren Bauch abzutasten. Sophie war nicht mehr im Stande, zu sprechen. Die Stimmen von den anderen im Raum hörte sie wie aus weiter Ferne, schwammig, undeutlich. Sie konnte nur einzelne Wortfetzen auffangen.

»Sie ist im dritten Monat schwanger«, informierte Stella den Arzt, dessen kritischer Blick daraufhin zur Schwester fiel. Sie brachte ihm etwas, was Sophie jedoch nicht mehr erkennen konnte, denn sie war kurz davor, das Bewusstsein zu verlieren. Plötzlich spürte sie eine kalte, klitschige Masse auf ihrer Bauchdecke.

»Ich ... Ultraschall«, hörte sie die sanfte Stimme des Arztes verschleiert sagen. Sie spürte Stellas warme Hand auf ihrer. Gott sei Dank war sie nicht alleine.

Sophie wachte von dem penetrant lauten Läuten der Kirchturmuhr auf. Es war zwei Uhr. Sie blinzelte beim Versuch ihre Augen zu öffnen.

»Wie geht es dir?«, sagte eine vertraute Stimme.

»Was ist passiert?«, erkundigte sich Sophie, die noch immer benommen von den Schmerzmitteln war.

»Ich hole den Arzt, er kann dir alles erklären«, hörte sie Stella sagen, während sie geknickt das Zimmer verließ. Als Stella die weiße Tür hinter sich zu zog, kamen allmählich die Erinnerungen zurück. Sophie hob die

Decke nach oben und begutachtete ihren Körper. Das Blut war verschwunden. Auch die Bauchkrämpfe waren weg. Gott sei Dank, stellte sie erleichtert fest. Sie atmete tief ein. Beim Ausatmen ließ sie sich zurück in das weiche Kissen fallen. Ihre Hände legte sie über ihr Gesicht. Im nächsten Moment kam Stella mit dem Arzt zurück. Sein Gesichtsausdruck verriet, dass er keine guten Nachrichten für Sophie hatte. Ihr Puls wurde sekündlich schneller. Eine Hitzewelle durchströmte sie. Nachdem der Arzt sie über die Fehlgeburt informiert hatte, brach sie völlig in sich zusammen. Stella legte sich neben sie ins Krankenbett und umarmte sie mit der einen, streichelte ihren Hinterkopf mit der anderen Hand.

»Ich bin da«, waren Stellas Worte, die sie vernahm, während Sophie apathisch – nicht im Stande irgendetwas zu sagen – die weiße, kahle Wand gegenüber ihres Bettes anstarrte. Sie schloss die Augen. Aus dem geöffneten Fenster hörte man die Amseln fröhlich singen, Passanten plaudern, hier und da ein lautes Motorengeräusch. Ein Sonnenstrahl berührte ihr Gesicht. Sophie schluchzte in ihr Kissen. »Ich habe keine Kraft mehr.«

Als sie wenige Stunden später wieder zu sich kam, fiel ihr Blick auf den Sessel gegenüber ihres Krankenbettes, in dem Stella schlafend saß. Sie trug eine weiße Mundschutzmaske. Sophies Augen wanderten durch den sterilen Raum, der nach Krankenhaus roch. Sie hasste Krankenhäuser. Vor fast neun Jahren hatte sie ihre Mutter, die einer der wichtigsten Menschen für sie war, in einem dieser Krankenhäuser verloren. Seitdem machte sie, wann immer möglich, einen großen Bogen um solche Einrichtungen. Sophie drückte den roten Knopf auf dem Apparat, der über ihr an der Bettstange hing. Kurze Zeit später kam die Schwester.

»Wann kann ich nach Hause?«, wollte Sophie wissen.

»Das kann ich Ihnen leider nicht sagen, da müssten sie mit dem Arzt Rücksprache halten. Der ist allerdings heute nicht mehr da.«

»Ich will nach Hause. Kann ich nicht mit einem anderen Arzt sprechen?«

Die Schwester versuchte, Sophie, die zunehmend nervöser wurde, zu beruhigen. »Ich sehe, was ich machen kann.« Sie verschwand aus dem Zimmer.

Das Gespräch hatte Stella geweckt, die kurz gähnte, sich streckte und sich dann Sophie zuwendete. »Wie geht's dir?«

»Ich will heim«, jammerte Sophie.

»Ich spreche mal mit einem Arzt, okay?«

Sophie nickte und drehte sich zur Seite. Ihr Blick fiel aus dem noch immer geöffneten Fenster. Die Glocken läuteten. Es musste gerade vier Uhr sein. Noch immer führten die Amseln ihren Gesang auf, Menschen plauderten, hier und da gab es ein Motorengeräusch. Diesmal von einer Vespa.

Stella kam mit dem Arzt zurück. Beide machten einen strengen, ernsten Eindruck auf Sophie.

»Sie wollen nach Hause, habe ich gehört?«, vergewisserte sich der Arzt.

»Ja, bitte«, entgegnete Sophie. Sie schaute den Arzt erwartungsvoll an.

»Ich habe Ihrer Freundin gerade schon gesagt, dass ich das für keine gute Idee halte. Nach einem solchen Erlebnis wäre es wichtig, mit unserer Psychologin zu sprechen. Außerdem sollten wir Sie noch zur Beobachtung hier behalten. Mindestens noch bis zum Wochenende.«

»Bis zum Wochenende?«, prasselte es aus Sophie heraus. »Das sind ja noch vier Tage!«

»Es ist nur zu Ihrem Besten«, erklärte der Arzt besorgt. Er notierte irgendetwas auf einem Blatt, das er in ein Klemmbrett gesteckt hatte. Was er wohl aufschreibt? *Patientin offenkomplett psychotisch?* Sophie runzelte die Stirn. Ihr Blick wanderte fragend zu Stella, die es sich wieder in dem Sessel bequem gemacht hatte.

»Er hat recht, Sophie. Mir wäre es auch lieber, du würdest noch ein paar Tage hier bleiben!«, riet Stella.

Der Arzt verabschiedete sich nach der Mitteilung, dass er am nächsten Morgen zur Visite kommen würde. Kaum war er mit seinem spießigen Klemmbrett aus der Tür verschwunden, richtete Sophie sich im Bett auf und versuchte, aufzustehen.

»Was machst du denn da? Musst du auf die Toilette?«, fragte Stella.

»Nein. Ich muss zum Kleiderschrank und mein Zeug zusammenpacken.«

»Wie bitte?« Stellas Stimme war viel höher als sonst. »Du hast doch gehört, was der Arzt gesagt hat, Sophie! Sei doch bitte vernünftig!«

»Stella, ich bin dir überaus dankbar für alles, was du für mich getan hast. Aber ich werde jetzt zu dem verdammten Schrank dort drüben gehen, meine verdammten, verbluteten Klamotten anziehen, und dann dieses verdammte Krankenhaus verlassen! Mit oder ohne deine Hilfe«, sagte Sophie mit entschlossener Stimme.

Sophie nahm die Leggins und das weite XXL-Shirt aus dem unteren Regel des Schrankes und zog sich um. Den verbluteten Slip steckte sie in ihre Handtasche. Muss jetzt ohne gehen.

Stella wusste, dass sie keine Chance hatte, wenn der starrsinnige Klon eine Entscheidung getroffen hatte. Deswegen unterließ sie weitere Überzeugungsversuche.

»Du musst aber doch was unterschreiben. Du kannst doch nicht einfach so gehen!«, wagte sich Stella noch vorsichtig einzuräumen.

»Stella!« Sophie hatte ihren Todesblick aufgesetzt.

Stella verdrehte die Augen, und holte den Rollstuhl, der in der Ecke hinter dem Bett stand. »Okay, hauen wir ab«, sagte sie, während sie Sophie unter die Arme griff, um sie in den Rollstuhl zu heben. Sophie grinste. Das liebte sie an Stella. Stella checkte nochmal den Raum ab, ob sie auch ja nichts vergessen hatten, denn zurückkommen könnten sie nach der Aktion wohl eher nicht mehr. Sie nahm Sophies Sachen – es waren nicht viele – und legte sie auf deren Schoss ab.

»Senke deinen Kopf nach unten, wenn wir im Flur sind«, wies Stella Sophie an. »Ich hoffe, das geht nicht nach hinten los.«

Stella öffnete die große, weiße Zimmertür und steckte ihren Kopf durch den Spalt. Die Luft war rein. Nur eine ältere Dame watschelte mit ihrem Infusionsständer auf Rollen durch den hinteren Teil des langen Ganges. Aus dem Schwesternzimmer hörte man lautes Gelächter. Es roch nach frisch gebrühtem Kaffee. Gutes Timing.

»Zieh deine Füße an. Es geht los!«

Der Rollstuhl fegte mit zunehmender Geschwindigkeit in Richtung Aufzug. Als rechts neben ihnen plötzlich die Seitentür des Treppenhauses aufging, aus der ein älterer, sehr gebrechlich aussehender Herr seinen Rollator schob, sah sich Stella gezwungen, eine Vollbremsung hinzulegen. Sophie stürzte auf den Boden und fand sich vor den in die Jahre gekommenen, modrig riechenden Schlappen aus braunem Cord wieder.

»O mein Gott!«, hörte sie Stella schreien. Den alten Mann schien die Situation überhaupt nicht zu beeindrucken. Er schaute kurz nach unten und lief dann wortlos weiter. Sophie richtete sich langsam auf. Als ihr Blick Stellas traf, brachen beide in schallendes Gelächter aus. Sophie schnappte nach Luft. Und Stella half ihr dabei, wieder in den Rollstuhl zu kommen – auch wenn sich das als äußerst schwierig herausstellte, denn sie hatte kaum Kraft in ihren Armen und Beinen, weil das Lachen ihr die Energie raubte. Die Aufzugstür öffnete sich mit einem lauten *Pling*! Nichts wie weg hier. Stella drückte den Knopf, der sie ins Erdgeschoss befördern würde.

»Wir sind sowas von Bonnie und Clyde!«, schrie Sophie laut, als Stella den Motor ihres Audi TT in der Tiefgarage des Spitals anließ. Stella blickte kurz zu Sophie, die sich auf dem Beifahrersitz befand, und musste erneut aus vollem Halse lachen. Tränen liefen über ihre Wangen. Sophie kicherte und schlug sich ihre Hände über dem Gesicht zusammen.

»Ich bin froh, dass du schon wieder Witze reißen kannst!«, gab Stella erleichtert zu. »Mein Kämpfer!«

Sophies Blick driftete aus dem Fenster in die Ferne ab. *Kämpfer* … Wenn sie wüsste, wie es in mir drinnen aussieht.

25

Mamma mia!

Am liebsten hätte Sophie an diesem Pfingst-
sonntagmorgen die Augen direkt wieder geschlossen, um weiterzuschlafen. Aber das war
nicht möglich, da viel Arbeit liegengeblieben
war. Unterricht musste vorbereitet werden,
Vokabeltests lagen auf dem großen, weißen
Schreibtisch, und warteten auf die Korrektur,
die Wohnung hatte einen zweiten Frühjahrs-
putz nötig und die drei großen Wäschekörbe
mit teilweise gebügelter und nicht gebügelter
Wäsche, die sie als erstes nach dem Aufwachen erblickte, veranlassten sie schließlich
doch, aufzustehen. Sie torkelte schlaftrunken
durch den langen, hellen Flur zum Badezimmer. Heute fiel es ihr besonders schwer, sich
fertigzumachen. Sie fühlte sich lustlos. Ihr
Spiegelbild verdarb ihr die Laune völlig. Die
Mundwinkel noch voller Rotweinflecken – o-
der war es Lippenstift? –, die Haare nach
Rauch riechend, völlig zerzaust, und ... ein

richtig fieser Herpes kündigte sich an. Na toll ... Der Abend hat sich ja mal gelohnt. Ich hasse mich und mein Leben ... ohne ihn. Warum ließ ich mich denn nur von Stella und Marie zu diesem Treffen mit Lorenzo gestern Abend überreden? Seit Tagen hatte sie ein ungutes Gefühl, was dieses Tinder-Date anging. Und generell: Sie hasste Tinder.

»Was hast du denn zu verlieren? Entweder es läuft, oder es läuft nicht. Du kannst das doch jederzeit abbrechen, wenn du merkst, dass es nicht das Richtige für dich ist?«, hatten sie ihre Freundinnen zuvor ermutigt.

Und recht hatten sie, fand Sophie. Also machte sie sich hübsch und traf sich mit dem süßen Italiener. Pianist war er. Das beeindruckte Sophie schon enorm. Sie fand Gefallen an außergewöhnlichen Männern mit außergewöhnlichen Berufen oder Hobbies. Italien war sie bereits verfallen, seit sie das erste Mal vor fünfzehn Jahren das Land bereist hatte. Lorenzo schien perfekt. Das zumindest meinten ihre Freundinnen und Sophies Kopf. Doch das Herz wehrte sich massiv. Ich muss mich ablenken! Ich muss mir Marc aus dem

Kopf schlagen. Er ist nicht gut für mich. Er will mich nicht. Er liebt eine Andere. Sophie redete sich mantramäßig ein, dass sie Marc vergessen wollte. Es war ein warmer, frühsommerlicher Abend. Sie zog ein rotes kurzes Kleid mit weiten Puffärmeln an und trug dazu lässig ihre schwarzen Birkenstock-Slipper. Die Haare ließ sie offen. Sie waren mittlerweile so lang, dass sie nahezu ihren Hintern berührten. Beim letzten Blick in den Spiegel trug sie noch etwas himbeerfarbenen Lipgloss auf und gab sich einen Kuss im Spiegel. Sie packte die Rotweinflasche in ihre schwarze, große Umhängetasche und schnappte sich zwei Weingläser aus der Vitrine in der Küche. So. Fertig.

»Ich stehe unten vor deiner Tür«, leuchtete Lorenzos Nachricht auf ihrem Handy auf. Na dann los! Sie lief vorsichtig mit den Gläsern in der Hand die Treppe hinunter. Auf das Treffen freute sie sich nicht wirklich und versprechen wollte sie sich davon schon mal gar nichts. Keiner wird Marc jemals das Wasser reichen können, das stand für Sophie schon lange fest. Diese Gedanken begleiteten sie auf dem Weg nach unten. Sie öffnete die schwere, quietschende Holztür. Lorenzo hatte eine dunkelblaue Jeans an, in die er ein hellgraues Shirt steckte. Um den Hals hatte er sich ein leichtes, gräulich gemustertes Tuch gewickelt. Ob er wohl krank ist? Stilsicher ist anders. Im nächsten Moment schämte sie sich schon für ihre oberflächlichen Gedanken. Warum kann ich ihm nicht zumindest versuchen, eine Chance zu geben? Ich kenne ihn doch gar nicht! Vielleicht ist er noch viel toller als Marc, wer weiß das denn schon?! Im Prinzip weiß ich ja wirklich nichts über ihn. Außer, dass er einunddreißig und Pianist ist, in Würzburg lebt, ursprünglich aus einem Ort in der Nähe von Neapel kommt und ein charmanter hoffnungsloser Romantiker zu sein scheint. Niemals ist er toller als Marc! Absolut unmöglich. Keiner würde Marc je ersetzen können. Keiner!

Wehmütig lief sie auf ihn zu und begrüßte ihn mit einer angedeuteten Umarmung. Corona kam ihr nun mal gelegen, sie durfte ihm nicht zu nah kommen. Er war groß, aber nicht so groß wie Marc. Seine Frisur ähnelte der von Marc. Auch hatte er schöne Augen, sie glänzten in kastanienbraun durch seine langen, dichten Wimpern. Aber auch seine Augen konnten Marcs nicht ansatzweise gerecht werden. Marc, Marc, Marc! Warum muss dieser Mann seit dem letzten Sommer tagein tagaus vierundzwanzig Stunden am Tag, sieben Tage die Woche ständig wie ein unsichtbarer Geist über mir schweben? Was ist es, dass mich nicht von ihm loskommen lässt, nicht einmal, wenn ich bereit bin, mich auf Neues einzulassen? Oder ist das nur vorgetäuschte Bereitschaft, angetrieben durch die immer wiederkehrenden Ratschläge ihrer besten Freunde? Sophie wurde aus ihren Überlegungen gerissen.

»Ciao Bella!«, hörte sie Lorenzo fröhlich rufen. Er strahlte über das ganze Gesicht. Seine Augen leuchteten dabei. Sie schien ihm zu gefallen. Er schaffte es, Sophie ein Lächeln ins Gesicht zu zaubern. Er hatte diese charmante, italienische Art an sich. Lorenzo fuhr sich mit seiner rechten Hand durch seine dunkelbraunen, verwuschelten Haare. Er machte einen nervösen Eindruck auf Sophie. Sie liefen hinunter zum Fluss, der nur wenige Schritte von ihrer Wohnung entfernt war und setzten sich auf eine kleine steinerne Mauer. Sophie goss den Wein ein. Gib ihm eine Chance, hörte sie ihr Unterbewusstsein mahnen. Hör auf, ständig an Marc zu denken! Er will dich nicht als seine Freundin! Er will nicht mal mehr Sex mit dir haben, du dummes Ding!

Sie redeten über das Reisen, das Sophie so liebte. Lorenzo erzählte, dass er noch nie außerhalb Europas verreist war. Er erzählte ihr Geschichten über Italien. Seine Mutter schien ihm wichtig zu sein. Deswegen freute er sich auch über ihren Anruf an diesem Abend, und vor allem über die Mitteilung, dass man ab Anfang Juli wieder von Deutschland nach Italien einreisen dürfte. Sophie freute sich über die Neuigkeit, jedoch nicht in erster Linie wegen des Verreisens. Insgeheim hoffte sie, dass sie Marc vielleicht doch bald wiedersehen würde, wenn es weitere Lockerungen geben wird. Lorenzo schien ein Familienmensch zu sein, was Sophie imponierte. Warum will man immer das, was man nicht bekommen kann? Warum musste ich Marc die Pistole auf die Brust setzen noch vor zwei Wochen, als er sich wieder meldete und Nähe suchte? Ich bin so ein Idiot! Selbst schuld, du dumme Nuss! Naja, aber habe ich ihn denn wirklich unter Druck gesetzt? Ich meine, war es wirklich zu viel verlangt, ihn zu bitten, an meinem Geburtstag zu mir zu kommen, den Abend mit mir zu verbringen? Hatte das tatsächlich eine solche abschreckende Wirkung? Sophie versank in Selbstzweifeln. Sie erinnerte sich an seine letzte Nachricht. So ein Arschloch, dachte sich Sophie im Nachhinein, als sie die letzten Kontaktversuche Revue passieren ließ. Sie zog bei dem Gedanken an diesen miesen Abgang ihre Augenbrauen nach innen, ihre Augen pressten sich immer mehr zusammen, bis sie – so fühlte sich es für Sophie an – schmal und böse aussehen mussten. Verdammtes Arschloch! Sie spürte, wie sie innerlich zu brodeln begann. Wut, Zorn, Hass, Ärger, Enttäuschung – all das kochte in ihr zu einem ungenießbaren Gebräu zusammen.

»Tutto bene? Du wirkst so abwesend?«, holte Lorenzos Stimme sie aus ihrer trüben Gedankenwelt in die Realität zurück. Sophie zuckte reflexartig mit den Achseln. Apathisch nickte sie und tat so, als ob alles in vollkommener Ordnung wäre, was es jedoch absolut nicht war. Plötzlich fühlte sie sich müde, erschöpft und völlig fehl am Platz. Die große Turmuhr schlug zehn. Der nächtliche, sternenklare Himmel, die idyllische Umgebung am Fluss, ein charmanter Italiener, der sie zu beeindrucken versuchte, romantische Straßenmusik und berauschender süßlich schmeckender Wein. Eigentlich hätte das Date nicht besser laufen können. Doch Sophie wurde in diesen Momenten erneut klar, dass das alles nichts nützte, wenn sie mit dem falschen Menschen hier war.

»Ich möchte nach Hause«, sagte sie mit leiser, trauriger Stimme.

»Soll ich dich noch begleiten?«, fragte er höflich.

»Weiß nicht so recht.«

»Das entscheidest du. Ich will mich nicht aufdrängen. Ich fand den Abend sehr schön mit dir und möchte nicht, dass er schon endet. Aber ich akzeptiere es, wenn du lieber alleine sein willst.«

Er begleitete sie nach Hause. Sie hörten Sophies Lieblingsmusik und tranken noch ein bisschen Wein. Auf dem Balkon unterhielten sie sich über Dies und Das.

»Ich möchte dich gerne küssen«, sagte er plötzlich wie aus dem Nichts. Sophie war verwirrt. Das hat er jetzt nicht gesagt? O Mann. War ja klar, dass das so enden musste. Will *ich* ihn denn küssen? Eigentlich will ich Marc küssen und sonst keinen. Aber was soll's? Vielleicht finde ich ja zumindest etwas Trost. Oder Ablenkung. Auch wenn es nur für ein paar Stunden ist.

»Nein. Das lässt du mal schön bleiben«, entgegnete Sophie selbstbewusst und entschlossen.

»Was muss ich tun, damit ich dir nur einen einzigen Kuss geben darf?«, hakte er hartnäckig nach.

Scheiß drauf, dachte sich Sophie in diesem Moment. Er konnte ziemlich gut küssen. Und sexy war er auch. Oder … Moment! Wie viel Gläser Wein habe ich nochmal intus? Vier?

Fünf? Oha. Vielleicht habe ich ihn mir auch schön gesoffen? Auch egal.

Wenige Minuten später stand Lorenzo nackt vor ihr. Naja, dachte Sophie. Ganz ok. Warum nicht ... Schließlich hatte sie zuletzt mit Marc Mitte Februar Sex. Mittlerweile war es Mitte Mai. Sophie hatte ihre schwarze Spitzenwäsche noch immer an. Im Hintergrund ertönte Rihanna *On the first page of our story ... Just gonna stand there and watch me burn ... That's alright because I love the way it hurts ...*

Das war Marcs und Sophies Lied. Das musste die Ironie des Schicksals sein, dass ausgerechnet in diesem Moment, kurz bevor sie endlich mal wieder Sex gehabt hätte, dieser Song anlief. Oder war es einfach nur eine bewusste Inszenierung von Sophie? Wollte sie, dass es so kam? Schließlich hatte sie doch selbst die Playlist eingestellt, als sie nach Hause kamen. *I love the way you lie.* Das war ihr Stichwort. Sie belog sich selbst. Und sie wusste, dass sie nicht die einzige war, die log. Auch Marc machte sich etwas vor.

»Ich kann das nicht, tut mir leid«, entschuldigte sie sich beschämt, aber entschieden, bei Lorenzo. Der war sichtlich verwirrt über Sophies plötzlichen Sinneswandel. Er runzelte die Stirn.

»Alles gut, überhaupt kein Problem«, reagierte er verständnisvoll. Seine Stimme war freundlich. Fast tat er ihr jetzt leid. Sie fühlte sich furchtbar. Denn er war ein lieber Kerl. Aber wieder nicht gut genug für Sophie, deren Herz immer noch Marc gehörte. Bei der Verabschiedung betonte Lorenzo immer wieder, wie sehr er den Abend genossen hatte, und dass er sich ein Wiedersehen wünschen würde. Doch für Sophie stand fest, als die Tür hinter ihm ins Schloss gefallen war, dass das nicht passieren würde. Genauso verschlossen wie die Tür vor ihr, war auch ihr Herz – gegenüber jedem anderen Mann, der nicht Marc war.

26

Tindergarten

»Keine neuen Leute in deiner Umgebung«, informierte sie Tinder. Das muss der absolute Tiefpunkt sein, dachte sich Sophie, als sie sich dabei ertappte, wie sie ihren Account, den sie vor ein paar Tagen gelöscht hatte – sie fand, das war unter ihrem Niveau – wieder neu installierte und bereits nach wenigen Minuten alles „leer-getindert" hatte. Wie viele Typen hatte sie in den letzten zehn Minuten nach links gewischt? Gefühlt waren es über zweihundertfünfzig. Und kein einziger – KEIN EINZIGER – war dabei, der Sophie annähernd gefallen hätte. Erbärmlich! Sie nippte an ihrem Rotwein. Was ist das? Was genau läuft eigentlich falsch mit mir? Liegt das an den Typen? Ich meine, das Angebot ist ja da, aber ganz ehrlich ... Wir hätten da Paracelius – kann man wirklich Paracelius heißen? –, zweiunddreißig, der mit dem rechten Auge in die linke Hosentasche schielte. Oder Miguel, vierunddreißig, der seinen polierten Porsche Carrera im Profilbild von seiner besten Seite zeigte – für wen hält er sich? Für Michael Schuhmacher? Ich meine ... was ist das mit den Kerlen und ihren Autobildern in solchen Apps? Wollen sie eine Frau finden oder ein Auto für ihr Auto? Warum glauben Typen ernsthaft, sie könnten Frauen mit ihren Schwanzverlängerungen beeindrucken? Ist ja eher das Gegenteil der Fall. Mich törnt sowas ab. Naja. Vielleicht bin ich da auch einfach anders. Keine Ahnung. Miguel sah nicht mal wie ein Miguel aus. Er war blond und extrem blass. Verrückte Welt.

Sophie atmete schwer ein und aus. Bringt ja eh nichts. Sie schüttelte den Kopf. O Mann! Trotzdem wischte sie weiter. Oh. Ein Hinweis von Tinder: *Dir ist gerade ein Match entgangen.* Ja. Glaub ich sofort. Vermutlich hätte ich Paracelius oder Miguel gematcht. Sorry, not sorry.

Eigentlich hatte Sophie Tinder nur wieder installiert, weil drei ihrer Freundinnen ihren aktuellen Partner auch über die App kennengelernt hatten. Das gab ihr irgendwie Hoffnung. Aber das ist schon auch wie die Nadel im

Heuhaufen zu finden. Sophie war da wohl zu altmodisch für. Sie war da eher romantisch angehaucht. Tinder war ja schon irgendwie wie ein Katalog. So, schauen wir doch mal, was es heute so im Angebot gibt. Wie, wenn man sich ein neues Sofa bei Ikea kauft. Es gibt sie in den verschiedensten Farben, Größen, Mustern. Und tatsächlich auch in unterschiedlichen Qualitäten. Miguel wäre eher so der low-quality-Typ. O nein! Aus Versehen ein Superlike vergeben. Haha. Und direkt ein Match. War ja klar. Warum wundert mich das jetzt nicht? Sophie klickte auf die Sprechblase in der rechten oberen Ecke, um zu sehen, wer hinter dem Match steckte. Ben, vierunddreißig, Grundschullehrer, sieht gut aus, macht einen äußerst sympathischen Eindruck. Seine Beschreibung ist fast etwas too much. *Bei mir ist sogar die Blutgruppe positiv*, gibt er an. Oha. Wow. Was soll das heißen? Ist er so einer, der alles schön und toll findet, immer mit breitem Grinsen durch die Welt läuft und so? Sophie war ja auch ein optimistischer, lebensbejahender Mensch. Aber sie war niemand, der immerzu gut gelaunt war. Im Gegenteil. Sie hatte ihre

Launen. Und die lebte sie auch voll und ganz aus. Wenn sie mies drauf war, bekam das jeder, der mit ihr zu tun hatte, irgendwie – mal mehr, mal weniger – zu spüren. Und umgekehrt. Aber so ein Typ mit Dauer-Gute-Laune, der wahrscheinlich auch noch an Corona was Positives sieht. Nein, danke.

Pling!

»Naaa, Sooophie, alles tutti?«, schrieb Tinder-Ben über die Nachrichtenfunktion der App.

O – my – god! *Alles tutti*? Bei dir ist anscheinend nicht alles tutti im Hirni? Sophie presste ihre Lippen zusammen, und löste das Match auf. Tinder wollte einen Grund wissen. Hm. Wie wär's mit *Geht gar nicht*? Sie entschied sich dafür, keinen Grund anzugeben. Was will Tinder auch mit dieser Information anfangen?! Sophie hatte endgültig genug vom Tindergarten. Sie öffnete Instagram. Schon lange hatte sie nicht mehr geschaut, ob Karlotta oder Marc etwas gepostet hatten. Marc postete sowieso maximal einmal in zwei Monaten etwas. Und dann war es meistens ein Bild von seinem

Motorrad oder einem Döner. Sowas. Der Kreis um Karlottas Profilbild war tatsächlich bunt. Sophie klickte es an. Okay. Wow. Sie verdrehte die Augen. Karlotta hatte ein Bild gepostet von Marcs Wohnzimmer. Sah aus, als ob es vom Sofa aus fotografiert worden war. Eine große Leinwand, die von der Decke hing und einen Film zeigte. Popcorn Gif dazu. Und Marc verlinkt. Das erste, was Sophie auffiel, war das Bild von Marc und Karlotta – das heile-Welt-Porträt, ach wie süß –, das eingerahmt auf dem Klavier stand. Wie spießig. Das Klavier. Unbehagen. Beim Betrachten des Posts verspürte sie das starke Bedürfnis, das Klavier umzustellen. Es stand viel zu weit rechts. Am liebsten wäre sie sofort vorbei gefahren. A la *Hallo, ich bin nur kurz hier, um das Klavier mittig unter die Leinwand zu schieben. Lasst euch nicht stören bei eurem romantischen Filme-Abend. Bin gleich wieder weg.* Kein Wunder, dass es da nicht harmoniert, wenn das Chi nicht ungehindert durch den Raum fließen kann. Noch nie was von Feng Shui gehört? Sophie goss sich Wein nach und öffnete die Tinder App. Nicht, um neue Matches zu finden, sondern um sie ein für alle Mal zu deinstallieren.

27

Schrecken ohne Ende oder Ende mit Schrecken?

Heute war ein besonderer Tag. Sophie hatte ihn sich schon vor längerem in ihrem weißen Kalender mit den schwarzen Pünktchen mit einem roten Herz markiert. Der fünfzehnte August 2020 war ein herrlicher Tag! Die Wettervorhersage versprach zehn Sonnenstunden bei zweiunddreißig Grad in Würzburg. Sophie öffnete die Schlafzimmerfenster, um die ersten Sonnenstrahlen hereinzulassen. Sie verharrte kurz, streckte ihr Gesicht aus dem Fenster und holte tief Luft. Ob er weiß, was heute für ein Tag ist? Vermutlich nicht. Vermutlich weiß er nicht einmal mehr, wer ich bin. Vermutlich hat er in den letzten Monaten überhaupt nicht ein einziges Mal an mich gedacht. Die Yogastunden der letzten zwei Monate zeigten ihre Wirkung. Sophie freute sich auf einen entspannten Tag mit Stella und Marie am See. Sie packte ihre Badesachen in ihre große Korbtasche, die sie damals auf Bali gekauft hatte. Es waren immer noch Sandkörner in den Ritzen. Sogar eine Muschel fand Sophie, als sie ihr großes, weißes Badehandtuch hineinlegte. Ihr Blick fiel auf die Armbanduhr. Es war schon halb zwölf. Gleich musste sie los.

Sie drückte den Knopf für ungefähr zehn Sekunden, bis das Faltdach ihres Cabriolets im Kofferraum verschwand. Dann ließ sie den Motor an. Sie setzte ihre Ray Ban auf und fuhr los. Die Sonne brannte auf ihren Kopf. Sie bog auf die große Landstraße ab, die zum Badesee führte. Der Tacho schnellte von fünfzig auf achtzig hoch. Schneller konnte sie nicht fahren, sonst schnitt der Wind ihr die Luft zum Atmen ab. Ihre braunen, langen Haare flatterten im Wind. Im Radio ertönte Rihanna: *On the first page of our story the future seemed so bright...* Sophie drehte die Lautstärke bis zum Anschlag auf. Ihre Gedanken schweiften ab. Ausgerechnet heute muss dieses Lied laufen. Ausgerechnet gerade jetzt, wenn ich den Radiosender einschalte. Ironie des Schicksals. Naja. In dreieinhalb Minuten ist es vorbei. Sie hörte den Song so gerne. Vor ihrem bildlichen Auge sah sie Marcs Gesicht. Sein strahlendes Lächeln. Seine funkelnden Augen. Unterbewusst öffnete sie leicht ihre Lippen, als ob sie ihn küssen wollte. Sie sang lauthals mit:

»Then this thing turned out so evil. I don't know why I'm still surprised.«

Das letzte, an das sich Sophie erinnerte, war ein lautes Krachen und entfernt klingende Stimmen, die hektisch und aufgebracht wirr durcheinander redeten.

Ihre Lider begannen zu zucken. Es gelang ihr nicht sofort, ihre Augen zu öffnen. Und es dauerte eine Weile, bis sie klar sehen konnte. Zunächst fiel ihr Blick in den dunklen Raum. Man konnte nicht viel erkennen. Es roch nach Desinfektionsmittel. Eine unheimliche Stille beängstigte sie. Etwas Schweres fühlte sie an ihrer rechten Hand. Sie tastete es vorsichtig ab, und versuchte im nächsten Moment, sich aufzurichten. Sie lag in einem Bett. Es war jedoch nicht ihres. Dieses war kleiner und härter. Als sie es schließlich schaffte, sich aufzusetzen, scannte ihr Blick den Raum ab. Sie presste die Augen zusammen. Unter dem

Türspalt fiel ein Lichtstrahl ein. Ein Desinfektionsmittelspender an der Wand neben der großen Tür war nun zu erkennen. Bin ich in einem Krankenhaus? Sie schaute nach rechts und erkannte einen Nachttisch. Kein Lichtschalter weit und breit. Geschwächt ließ sie sich zurück in das Kopfkissen fallen, als sie männliche Stimmen hörte, die vom Flur zu kommen schienen. Was zur ...? In diesem Moment öffnete sich die Tür. Sophie hielt sich die Hand vor ihr Gesicht, weil das einfallende grelle Licht sie stark blendete. Erst als die Tür wieder ins Schloss fiel, wagte sie einen Blick auf die Person, die hereinkam. Jemand stand am Desinfektionsmittelspender und drückte die Vorrichtung mehrmals nach unten. Das Gesicht wurde zur Hälfte von einer Maske bedeckt. Das Bett war zu weit entfernt, als dass sie in der Dunkelheit hätte erkennen können, wer es war. Sophie schloss die Augen und gab vor zu schlafen. Ihr Herz pochte. Wo bin ich und was ist passiert? Sie versuchte, ihre Gedanken zu sortieren. Das letzte, woran sie sich erinnern konnte, war ein lautes Geräusch und viele fremde Stimmen. Ihr war zum Heulen zumute. Sie drehte sich um, und vernahm, wie sich die fremde Person auf einen Stuhl neben ihrem Bett setzte. Es hörte sich an, als ob jemand auf einem Handy tippt. Ist das mein Dad? Matthäus? Sophie musste dringend auf die Toilette. Doch sie traute sich nicht aufzustehen. Noch wollte sie sich nicht mit dem konfrontieren, was offensichtlich geschehen war. Wie lange bin ich schon hier? Was ist mit meinem Bein? Es fühlt sich an, als hätte ich einen Gips. Sophies Atmung wurde immer schneller und lauter.

»Sophie? Bist du wach?«, hörte sie eine ihr vertraute Stimme erfreut nachfragen. Die kleine Tischleuchte auf dem Nachtschränkchen ging an.

Sie drehte sich vorsichtig um und öffnete blinzelnd ihre Augen.

Sie blickte Marc direkt ins Gesicht, ohne ein Wort zu sagen.

»Ich hole einen Arzt!« Er sprang ruckartig auf.

»Nein. Warte kurz«, sagte Sophie. Eine Träne kullerte ihr über die Wange.

Marc blieb stehen. Dann ging er auf sie zu, setzte sich zu ihr auf's Bett und hielt ihre Hand. »Du machst vielleicht Sachen! Wie geht es dir?«

»Was ist passiert? Wo bin ich? Wo ist Karla? Und wie kommt es, dass *du* hier bist?«

Marc setzte sich. Er holte tief Luft und senkte seinen Blick. Sophie blickte ihn erwartungsvoll an. Er wirkte traurig.

»Das ist eine längere Geschichte. Soll ich nicht erstmal einem Arzt Bescheid geben?«

Sophie kullerten nun immer mehr Tränen über beide Wangen. Sie wischte sie sich mit dem langen Ärmel ihres Kittels ab. »Nein. Bitte sag mir, was das alles zu bedeuten hat.«

Marc schnaufte. »Karla und dein Dad sind in eurer Wohnung. Es ist schon nach Mitternacht. Stella sollte ich anrufen, sobald es was Neues gibt. Sie musste wegen der Kinder nach Hause. Sie war lange hier.«

»Woher weißt du, dass ich hier bin?«

»Matthäus hatte einiges gut zu machen. Er hat mich kontaktiert und mir von deinem

Unfall erzählt. Du bist schon seit heute Mittag hier. Es gab einen Frontalzusammenstoß, als du auf dem Weg zum See warst. Dein Bein ist gebrochen und du hast eine Gehirnerschütterung. Und wurdest operiert und warst bis eben nicht ansprechbar.«

Sophie schüttelte den Kopf. »Ist noch jemand verletzt? War ich schuld? Was ist mit meinem Auto?«

»Dein Auto ist in der Werkstatt. Mach dir keinen Kopf, du trägst keine Schuld. Das zahlt alles die Versicherung. Jemand hat überholt, dich übersehen, und ist frontal in dich reingefahren. Ihm ist nichts passiert. Nur ein paar Schürfwunden und Prellungen.«

Sophie erblickte Blumen auf dem Nachttisch und eine Karte. »Sind die von dir?«

»Die sind von Herrn ... ich weiß nicht mehr, wie er heißt. Von dem Unfallverursacher. Er hatte sich schon mehrmals nach dir erkundigt und heute Morgen die Blumen vorbeigebracht.«

»Also keine Blumen von Marc.« Sophie grinste ihn an.

»Keine Blumen von Marc.« Er lächelte.

»Ich bin direkt her gefahren. Da war keine Zeit mehr für Blumenkaufen.«

Sophie lächelte. Dann schlug sie ihre Hände über dem Gesicht zusammen und stöhnte in die Handinnenflächen.

»Was hatte Matthäus gut zu machen?«

»Er hat mich gestern nach dem Unfall angerufen und mir alles erzählt…«

»Alles?«

Marc holte tief Luft. »Er erzählte mir, dass du schwanger warst und das Baby verloren hast. Das ist furchtbar. Ich wünschte, du hättest mir davon erzählt.«

Marc atmete schwer. Seine Augen sahen wässrig aus. Seine Stimme klang mitgenommen.

»Warum hat er das getan? Ich verstehe nicht…«

»Anscheinend Gewissensbisse … Er wollte wieder gut machen, was er getan hatte, indem er mir die Wahrheit über die Fehlgeburt und der Sache mit Karlotta erzählte.«

»Die Sache mit Karlotta?« Sophie schaute Marc fragend an.

»Er hat zugegeben, dass er das war – damals an Weihnachten. Er wollte, dass es so aussieht, als ob du dahinter stecktest, damit ich den Kontakt zu dir abbreche.«

Sophie drehte sich schweigend von Marc weg. Ihr Blick fiel zu einem der vielen Fenster, hinaus auf die Häuser, deren Umrisse sie im Dunkel der Nacht erkennen konnte.

»Und du bist jetzt nochmal warum genau hier und hältst besorgt meine Hand?« Sophie war schon wieder zu Zynismus aufgelegt.

»Ich habe Karlotta verlassen.«

Sophie schluckte.

»Schon vor ein paar Wochen. Es hat einfach nicht mehr funktioniert. Und ...« Marc senkte seinen Blick. »Ich habe oft an dich denken müssen.«

»Warum hast du dich nicht bei mir gemeldet?«

»Ich war mir nicht sicher, ob das eine so gute Idee ist. Es ist viel Zeit vergangen. Es hätte ja auch sein können, dass du mich gar nicht mehr willst oder in der Zwischenzeit einen anderen hast.«

Marc blickte Sophie erwartungsvoll in die Augen. Ihr verschlug es die Sprache. Das waren definitiv zu viele Informationen auf einmal.

»Es gibt keinen anderen Mann.« Sophies Augen wurden wässrig. Ihr Herz pochte wild. Ein flaues Gefühl in der Magengegend. Verdammte Scheiße!

»Und Stella weiß, dass du die ganze Zeit hier bei mir warst?«

»Ja.« Marc beugte sich über Sophies Kopf. Er küsste ihre Stirn. »Anfangs war sie nicht so begeistert, mich hier zu sehen. Aber wir haben uns dann länger unterhalten. Und sie findet mich jetzt nicht mehr allzu abstoßend.«

Er grinste.

»Gibst du mir noch eine Chance?«

Sophies Herz fühlte sich schwer an. Sie brach
in Tränen aus.

»Ich möchte, dass du gehst.«

Meine liebe Steffi,

ich danke dir dafür, dass du immer be-

dingungslos an mich geglaubt hast.

Dafür, dass du mich

ermutigt hast, dieses Buch zu schreiben

und mir immer mit Rat und Tat zur

Seite standest. Es tut gut,

eine Freundin wie dich zu haben!

I love you so.

xx

S.

Zeitfracht Medien GmbH
Ferdinand-Jühlke-Straße 7
99095 Erfurt, Deutschland
produktsicherheit@kolibri360.de